誇り高き週末

赤川次郎

集英社文庫

目次

誇り高き週末

雨の週末

1

「この週末はいいお天気だってよ」

と、妻の洋子が言った時、水沼吉哉《よしや》は、思わず、

「何だって？」

と、訊《き》き返していた。

それも、聞こえなかったので訊き返したという口調ではなく、びっくりして、つい口に出していた、という具合だった。

「何をびっくりしてるの？」

と、洋子の方が面食らっている。「ただ、いいお天気だって、と言っただけじゃない」

「ああ……。そうだな」

「変な人ね」

と、洋子は肩をすくめて、新聞へ目を戻した。「何かお天気だと都合の悪いことでもあるの？」

「いや、別に……」

「だったら構わないでしょ。高原に出かけるのに雨じゃ困るし」

もう分ったよ！——水沼吉哉は、そう言ってやりたいのを、じっとこらえていた。

全く、どうしてこうしつこいんだ？　何か一つ、文句を言い始めると、くどくどときりがない。

そうとも。いい天気になったところで一向に困らないんだ。俺の方はな。

そう考えると、水沼の胸のつかえがスーッと消えて行くようだった。

もう少しの辛抱なんだ。もう少しの……。

「お父さん、頭にじかに陽《ひ》が当るから、困るんじゃない？」

と、声がして、娘の俊子が居間へ入って来た。

「何だ、今ごろ起きたのか」

「だって、ゆうべは三時まで起きてたんだもの。——お母さん、何か食べるもの、ある？」

欠伸《あくび》しながら、ショートパンツ姿の俊子はソファに浅く座って、長い足を伸した。

十七歳。——もうその滑らかな白い足は、女っぽい色気さえ感じさせて、水沼はちょっとドキッとした。

「冷蔵庫に入ってるのを、あったためて食べなさい」

と、洋子が言った。「これからちょっと出かけてくるから」

「もう二時だよ」

「夕方には帰るわよ。もし遅くなるようだったら、お寿司《すし》でも買って来るわ。それでいい？」

「うん。──お父さんは？」

「ああ、構わんよ。しかし、旅行の仕度があるだろう」

「前の日で充分よ」

と言って、洋子はまぶしい日射《ひざ》しの照り返している表へ目をやった。「──暑そうね、外は」

──暑い。確かに。

夏なんだから、当り前といえば当り前だけれども。

俊子は、父が家にいるとは思わなかったので、ちょっと口を尖《とが》らせていた。電話をかけるのに、用心しないと……。

何しろ、水沼は、黙っていきなり俊子の部屋へ入って来たりする。俊子が怒ると、

「隠すようなことをしてなきゃ、構わないだろう」

と、顔をしかめるが、そういうものじゃないのである。

十七歳ともなれば、プライバシーというものがある。それが分っていないんだから、

お父さんには。

暑いからいやだけど、ちょっとそこまで出て来て、外から電話するようにしよう、と、俊子は思った。

「じゃ、俊子、電子レンジへ入れとく？」

と、洋子が立ち上る。

「自分でやるわよ。出かけるんでしょ」

お互い、いつもなら、「やってよ！」「自分でやりなさいよ！」とやり合うところなのだが、どっちも多少遠慮しているようだ。

母が、外出の仕度をしに居間を出て行くと、俊子は居間に続いたダイニングキッチンへと入って行った。

「——お父さん。コーヒー、いれるけど、飲む？」

「ああ、すまんな」

水沼も、俊子のことは可愛《かわい》いと思っている。よくあの母親から、こんな素直な子が生れたもんだ。もっとも、向うは反対のことを考えているかもしれないが。

「——高原かあ」

と、コーヒーメーカーをセットして、俊子が言った。「行って、何するの？」

「何したっていいさ。何もしなくたっていい。それがバカンスだ」

と、水沼は言った。「テニスのコートとか、あるんだろう？」

「うん。でも、私だけでやるの？」

「誰か相手してくれる人ぐらい、いるさ」

相手。――そう。俺にだっているんだ、相手をしてくれる人ぐらいは……。

あいつはそう思っていない。どうせ亭主なんか、誰にも相手にされやしないと考えているんだ。

そんなことはない。――そうだとも。

洋子も、この週末には、それを悟ることになるだろう。悟った時には、手遅れかもしれないが。

――週末は、いいお天気よ。

洋子は、知らなかったのだ。それが自分自身への「死の宣告」だということを。

外へ出ると、アスファルトの照り返しがムッとする熱気となって、俊子を包んだ。

生れた時から、夏はクーラー、という生活で、幼稚園から入った私立校も、都心にあるので、教室にクーラーが入っている。従って、暑さには至って弱いのである。

電話をかけるにも、道の電話ボックスでは、うだるような暑さだろう。

「――あそこがいい」

下がコンビニエンスになったビルがあり、その二階の喫茶店を、俊子は友だちと会ったりするのによく使う。

暑い昼間のせいか、店も空《す》いていた。

「アイスコーヒー」

と、頼んでおいて、店の中の公衆電話へ。

「──あ、もしもし」

「俊子か」

その声を聞くだけで、俊子は胸がドキドキして来る。

「暑いわね」

と、我ながらつまらないことを言って、「騒がしいね。誰か来てるの?」

「なに、TVさ。ちょっと待てよ」

少し間があって、ガンガン鳴っていた音楽が小さくなった。

「──聞こえるかい?」

「うん。ね、週末、予定通りでいいの?」

「ああ、こっちは大丈夫だ。お前の方、平気なのか」

「内緒にはしてるけど、気付かれてないわ。大丈夫よ」

「よし。向うで落ち合おうな」

「バイクでしょ? 気を付けてね。事故、起さないで」

「そんなドジじゃないさ」

と笑う、その声が、俊子の胸を震わせる。

「泊るコテージ、分る？」

「番号が分りゃ、捜して行くよ」

「そうね。——いいお天気だっていうから」

「星を見ながら、のんびりできるな」

星を見ながら……。そう。あの人の腕に頭をのせて、肌と肌を触れ合いながら……。

俊子は、ポッと頰の熱くなるのを感じた。

「じゃ、向うでな」

「うん。ね——」

電話は切れてしまった。

俊子は、もう少し話していたかったのに、と思って、恨めしかったが、堅二は大体せっかちだ。それに、女の子同士じゃないんだから、大して用もないのに、何十分もおしゃべりしてるってわけにはいかないんだろう。

戻ったテレホンカードを抜いて、席に帰ると、もうアイスコーヒーが来ていた。

窓際の席で、少し暑い。——でも、これを飲む間だけだし。

ミルクは入れるが、ガムシロップは抜き。太りたくなかった。この前、堅二に会った

時、

「少し太ったんじゃないか」

と言われて、凄《すご》くショックだったのだ。

甘いものは抜こうと決心したのである。

「――あれ？」

と、俊子は呟《つぶや》いた。

店の下、通りに立ってタクシーを待っているのは、母の洋子である。

十五分も前に家を出たのに、何してたんだろ？――俊子は、面白がって、眺めていた。

向うは全然気付いていない様子である。

なかなかタクシーはやって来ない。――見ていても、母が苛立《いらだ》っているのはよく分った。

母も、暑さに強い方ではないのだ。それにしてはよく出歩いているけれども。

こっちは涼しい所にいる。俊子は手でも振ってやろうかと思った。

すると――車が一台、母のそばへ寄せて停《とま》った。俊子は、目をパチクリさせた。

どう見たって、タクシーじゃない。白い乗用車である。中から、この暑いのに、ブルーの背広を着た男が降りて来ると、後ろのドアを開けた。

母がその車に乗り込むのを、俊子は呆気《あっけ》にとられて眺めていた。――何してるのかしら？

男が車に戻り、車は走り去ってしまった。どこへ行くんだろう、お母さんったら……。

ゆっくりとアイスコーヒーを飲み干して——。

俊子は、

「まさか」

と、呟いた。

母の恋人？——そんなこと、あるわけがない！

「——ああ、見たよ」

と、水沼は言った。「週末は上天気らしいじゃないか」

俊子が出かけてくれたので、水沼はホッとしていた。電話するのを、俊子に聞かれたくなかったからだ。

もちろん、聞いたところで、何のことなのか俊子には分るまいが、何か妙だ、というぐらいの感覚は働くだろう。何といっても、あいつも十七歳。敏感な年ごろなのだ。

「好都合ですね」

と、明るい声が聞こえて来る。「ちゃんと準備は？」

「旅行の仕度は、洋子がやるさ。あいつは、そういうことだけは才能があるんだ」

「そうじゃありません。あなたの心の準備です」

「心の準備か……。まあ、何とかなるさ」

「いけませんわ、曖昧《あいまい》なことでは」

と、その声は言った。「きちんと、腹を据えてかからなくては。大変なことをしようとしているんですよ。分ります？」

「うん、分ってる」

「でも、あなたは勇気のある方ですから、信頼していますわ」

「ああ、大丈夫だ。見ていてくれ。君……いつ、向うへ行くんだ？」

「前日の木曜日にお休みをいただきますから。早目に向うへ行って、様子を見ておきます」

「よろしく頼むよ」

「ご心配いりません。すべてうまく行きますわ」

そう言われると、水沼は安心する。――そう。いつものことだ。多田克代の言う通りにしておけば、間違いはないのだ。

「じゃ、明日、会社でお目にかかります」

「うん。――今週、夜はどうだい？」

「大事の前ですから。自重なさった方が」

「ああ、そうだね」

少しがっかりしたが、克代の言う通りかもしれない、と思い直した。

「でも――」

と、克代は少し考えている様子だったが、「水曜日の夜は、N生命の社長さんのご接待ですね」

「あのじいさんか。よく生きてるもんだ」

「すぐ眠くなってしまわれますから。――ハイヤーにお乗せして、その後は時間がとれるかもしれません」

「そうか！　そうだね。よし、すぐ飲ませて酔い潰してやろう」

水沼の張り切りように、多田克代は笑った。

――電話を切って、水沼は、居間の中を、意味もなく歩き回った。

興奮しているのだ。水沼の生活の中では、めったにないことだった。

多田克代は、秘書としては正にコンピューターのような、正確そのものの女性である。

水沼の下について、もう七年になるが、初めから少しも変っていないような気がする。

変った点といえば――二年前から、彼女が単なる秘書でなく、水沼の「愛人」になったことだろう。

彼女を「女」として見たことなどなかった水沼にとって、まるで別人のように彼の腕の中で変貌する克代は、目もさめるばかりの驚きだった。水沼は克代のとりこになった。そして、そのことに、充分満足していたのだ。――克代の言う通りにしておけば大丈夫。

洋子を殺すことだって、どうってことはないのだ……。

「次の週末は上天気か……」

そう。天気が大切なのだ。――天も、俺の味方をしてくれている。

水沼は、確かめるように、あるいは自分を勇気づけるように、新聞の〈週間予報〉をくり返し眺めた。

「晴天が続く、か。――晴天が」

水沼は、天ならぬ天井を仰いで、大きく深呼吸をしたのだった……。

2

「どうしても、だめですか」

と、松尾は言った。

「そう言ったじゃないか」

庶務課長の山崎は、冷ややかな目で、松尾を見上げた。「いいかね。確かに、社で持っているコテージは二十ある。しかし、利用の希望が三百近くもあるんだ。利用できない奴《やつ》がほとんどなんだよ」

「分ってます。それはよく分ってます」

松尾は、首のなくなっている、太めの体つきで、何度も肯《うなず》きながら言った。

「ですが――私は真先に申し込んだんです。誰よりも早く。二か月も前ですよ。初めの五人くらいは、抽選でなく、たいていコテージを利用できるとうかがったんですが――」

「どこかに、そんなことが書いてあるのかね？」

山崎は、まるきり別のファイルを取り出して、仕事にかかっていた。もう松尾がいくら嘆願しても、むだだというのは明らかだ。

しかし、松尾は諦め切れない様子だった。

「書いてはありませんが、みんなそう言って――」

「それは間違いだ」

と、山崎は遮って、「忙しいんだ。いつまでそこに突っ立ってる気だね」

「申し訳ありません」

松尾は謝ってからもう一度、「少しでも可能性はないもんでしょうか」

「しつこいね」

と、山崎はうんざりしている様子で、「たとえキャンセルが出ても、その後には、空き待ちが十人もいる。君はその中にも入っていないんだ。諦めて、他を当るんだね」

「しかし、課長——」

と、つい言いかけて、松尾は何とか言葉をのみ込んだ。

「——何だ。何か言いたいのか？」

「いえ……。別に」

松尾は、少し固い表情で、「失礼しました」

と一礼して、席へ戻った。

庶務には七人の課員しかいない。もちろん山崎と松尾のやりとりは、全員の耳に入っているのである。

松尾の隣の席で、細かい雑用をやらされている神田昭江は、戻って来た松尾の方をチラッと見て、よっぽど慰めの言葉をかけようかと思った。しかし、そうすれば山崎の耳に入ることは間違いない。

課長にしては胆っ玉の小さい山崎は、部下の悪口などに極度に敏感なのだ。

声をかけるのは、お昼休みか、それとも山崎が席を立ってからにしよう。——そうだわ、と神田昭江は思った。今日は十時半から会議で……。

水沼社長が、全社の部課長を集めて開く、月一回の会議。それでうちの課長も、暑苦しいのに背広まで着ているのだ。

こんな小さな庶務の課長なんか、どうせ末席の、そのまた端っこに座らされて、発言の機会なんてあるわけもないのだが、山崎にとっては、今日が月に一度の「晴れの日」なのである。

神田昭江は、自分のお茶をいれかえて来ることにして立ち上ると、

「松尾さん、お茶、かえて来てあげますね」

と、松尾の、当人同様にずんぐりした格好の湯呑《ゆの》み茶碗《ぢやわん》を手にとった。

「や、どうも。――悪いね」

と、松尾は、やっと笑顔を見せた。

「ついでですもの」

と、昭江は微笑《ほほえ》んで言った。

――給湯室でお茶をいれて、一息つく。

本当にいやな奴だわ、あの課長!

神田昭江は十九歳。高卒でここへ入社して一年にしかならないが、それでも、四十六歳にもなって、未《いま》だに何の肩書もない松尾公吉のことは、あれこれ聞いていた。

若い女の子たちの間では、松尾は人気もあり、頼りにされていた。見た目はまあ、あまりパッとしないが、誰に対してもやさしかったし、上に対して、若い社員の不満や意見をよく代って言ってくれた。

そのせいで、松尾は一向に出世もできないのだが。——山崎は四十歳で、松尾よりずっと後輩に当るのだが、今の部長にうまく取り入って、三十代で課長になっていた。

「よく我慢してるわ、松尾さん」

女子社員同士で集まると、そう話している。

——今朝の、コテージの話でも、そうだ。松尾の言う通り、慣例では、先着の五人ぐらいまでは必ず会社のコテージを借りることができる。

ところが、一番早く申し込んだ松尾が外されてしまって、その代りに、部長の甥《おい》に当る新人の社員へ、その分が回ってしまったのだ。山崎の一存でそうなったことは、誰もが知っていた。

さすがに松尾もムッとして、それを言ってやろうとしたのだろうが、何とか思い止《とど》まったのだ。

本当にひどい。——私だったら、辞表を叩《たた》きつけてやるわ、と昭江は思った。

しかし、もちろん松尾には妻子があり、そう簡単にやめるわけにはいかないのだろう。辛《つら》いのね、家族を持ってる人って……。

ふと、人の気配に振り向くと、当の松尾が立っている。

「今、少し冷ましてからと思って」

と、昭江は急いで言った。

「いや、いいんだ」

と、松尾はあわてて言った。「ちょっと席を外したくなったんだよ」

昭江は、チラッと廊下の方へ目をやって、

「本当に頭に来ちゃう、あの課長！」

と、言った。

「人はさまざまさ」

と、松尾は肩をすくめた。「ありがとう、気をつかってくれて」

「いいえ」

昭江は、松尾が自分の茶碗をとり上げて、ゆっくりとお茶を飲むのを見ていた。

「予定してらしたんでしょう？」

「うん？」

「夏休みのコテージ。いつもなら、絶対に取れるのに」

「ああ……。しかし、部長の甥だろ？　課長としては仕方ないさ」

「仕方ない、なんて！　自分から気をきかしてやったんですよ、絶対に」

「まあ、正直腹も立つがね」

と、松尾は肯いた。「毎日仕事で顔を合せる相手だ。そう悪く考えてたら、こっちが辛いさ」

「偉いなあ、松尾さんって。どうしたら、そんな風に寛大になれるんですか?」

「寛大か」

と、松尾はちょっと笑った。「特別に寛大ってわけじゃない。まあ、多少我慢するのに慣れてるだけかな。四十六にもなれば、色々経験してるしね」

「私、きっと、松尾さんの年齢になっても、カッとなりやすいわ」

と、昭江は笑った。

「――僕は構わないんだがね」

と、ゆっくりお茶を飲みながら、松尾は言った。「女房は少し心臓が悪いんだ。暑い時期に、東京を離れたいと思ってね。少し涼しい所へ行った方が、まだ楽だろうし」

「そうだったんですか」

「娘も楽しみにしてたんだが……。ま、どうしても取れなきゃ仕方ない。これからどこか捜すといってもね。――家でゴロ寝してるか、夏休みは」

と、松尾は笑って言った。

――昭江が席へ戻ると、山崎が席を立つところで、

「おい、あんまり仕事中にのんびり休憩するなよ」

と、そばへ来て言った。

「すみません」

ムカッとしたが、謝っておいた。こんな奴を相手に、喧嘩《けんか》しても仕方ない。

「これを清書して、回しといてくれ。今日中だぞ」

ポンと昭江の前に放り出して行ったのは——例の〈コテージ利用者リスト〉である。

山崎が、会議に出席すべく、何度もネクタイをしめ直しながら出て行くと、課全体にホッとした空気が流れた。

それにしても……。これをきれいにワープロで打たなくてはならないのだ。昭江は気が進まなかった。

でも、仕事は仕事。——昭江は息をついて、ワープロの前に行って、スイッチを入れた。カタカタと音がする。

リストを眺めて、山崎の汚ない字にうんざりしていたが……。

このリストは、昭江がファックスでコテージの管理人の所へ直接送るのだ。山崎はもう見直したりしないだろう。

できることなら、松尾の名を、どこかへ入れてやりたい。しかし、利用者にはもう通知が行っているから、そんなことをすれば、一つのコテージでかち合ってしまうことになる。やっぱり無理だ。

気を取り直して、昭江はワープロに向った。そして、原稿を見ながら打ち始めたが……。

ふと——一つの空欄に、昭江は目を止めた。〈NO・5〉のコテージが空いているのだ。

どうして？ そんなことがあるのだろうか？

しかし、何度見直しても、〈NO・5〉の欄は空いたままなのである。夏の間中、ずっとだ。

そうか。昭江は肯いた。きっと山崎課長が自分で使うつもりなんだわ。図々《ずうずう》しい！

今度の週末……。もしかしたら……。

昭江は立って行って、山崎の机の上の予定表を見た。——この週末は九州へ出張になっている。暑いのに、とブツブツ文句を言っていたのを思い出した。

「どうせ使えないんじゃないの」

と、昭江は呟いた。「それなら——」

そうだ。構うもんか。

昭江はワープロの前に戻ると、次々に打ち込んで行って、〈NO・5〉のコテージの欄に、この週末——木曜日から日曜日まで、〈松尾〉という名を打っておいた。

これをそのままファックスで管理人の所へ送る。向うは、その表にある名前と一致すれば、キーを渡す。

これぐらいのこと、やったっていいわ。松尾さんは、充分にそれだけの働きをしてるんだもの。

昭江は打ち終るとプリントアウトして、早速、管理人あてにファックスで送った。

「――松尾さん」

と、席に戻ると、昭江は言った。

「うん?」

「週末はのんびりしてらっしゃい」

松尾はキョトンとした顔で、昭江を眺めていた……。


カタカタカタ……。

ファックスの音で、西田は目を覚ました。

やれやれ……。昔なら、頭のすぐそばで目覚し時計が思い切りわめいたって、そうたやすく起きるもんじゃなかったのだが。

それがこんな音で目が覚めちまうっていうのは、やっぱり年齢《とし》をとったせいだろうか。

しかし、まだ西田は五十歳だ。――まだ、というか、もう、というか、微妙な年齢だろうが、少なくとも西田自身は「まだ」だと思っている。

長椅子に寝そべって居眠りしていた西田は欠伸をしながら起き上った。――ファックスの音ってやつにも、やっと慣れた。

初めの内は何だか気味が悪くて……。考えたって妙じゃないか。電話で、文字だの絵だのが送れるなんて。

まともじゃないぜ！　電話ってのは、その字の通り、「話す」ためにあるもんだ。

「何だ、一体……」

送られて来た書類を見て、西田は肯いた。「やっと来たか」

この夏の、コテージの利用客リストだ。もっと早く送ってくれ、といつも文句を言ってやっているのだが、今年もぎりぎりだ。

この木曜日ぐらいから、たいていほぼ半分のコテージが埋るのだが――。

「おい、何だこりゃ！」

と、思わず西田は声を上げた。

木曜日、金曜日から、ほとんどのコテージが埋っている。こんなことは初めてだった。

「畜生！」

と、西田は舌打ちした。

これじゃ、ちっとも息を抜けそうにない。それに初めの内は、あちこち故障も多く、ひっきりなしにここへ電話がかかって来る。

「排水管が詰ってる」

「水が濁ってる」

「窓が開かない」

何だかんだと言って来る。中にゃ、女の子だけのグループで、

「ゴキブリが出たの!」

と、悲鳴を上げて来るのもいる。

まあ、そんな時は、さっさと行ってやっつけてやると、感謝され、夕飯でもごちそうしてもらえたりするから、悪くはないのだが。

一番いやなのは、重役連中や、その家族だ。こんな所へ来ても、いばり散らして、人を人とも思わない。

つまらない用事で、平気で西田を夜中にでも呼びつけたりする。——かなわないよ、全く!

〈NO・5〉のコテージの欄に、〈松尾〉という名が入っているのを見て、西田はちょっと眉を寄せた。

おかしいな……。〈NO・5〉のコテージは、社長の水沼の専用になっているはずだ。

確か、この週末には来ることになっていたんじゃないかな?

まあいい。後で電話してみよう。

西田は、そのリストを、管理人室の壁にとめた。

管理人用のコテージは、小さなものだが、一人住いの西田には充分だ。

「さて、と……」

少し買出しに行って来るか。——ビールだのジュース、コーラだの……。少し置いとかないと、夜中に必ず、

「足りなくなっちゃったんだけど」

と、電話して来る奴がいるのだ。

人を雑貨屋と間違えてやがるんだから！——しかし、このシーズンを除けば、コテージを利用する人間はぐっと少なくなるし、五十にしてやもめ暮し、手先が少々器用なことを除けば、大して得意なこともない西田にとっては、このコテージの管理人というのは、決して悪い仕事ではなかったのである。

管理人のコテージを出て、空を見上げる。——よく晴れ上っていて、木立ちの間に覗《のぞ》く青空はまぶしいようだ。

「週末も、きっと上天気だな」

と、西田は呟いた。

ブルル……。オートバイの音に振り向くと、五百ccはありそうなオートバイにまたがった男が、スピードを落として、停るところだった。

「どうも」

と、その男は言った。「道に迷っちゃって。すみません。あの……」

「どこへ行くんだ？」

と、西田は訊いた。

「N市なんですけど。ちゃんと矢印の通りに――」

西田はちょっと笑って、

「よく間違えるのさ。一キロばかり手前に、下りの道があるんだ。そっちを行くんだよ」

「そんな道が？」

「夏になると、緑が多くて、ちょっと見ただけじゃ、見落としちまうのさ」

「そうですか。――やれやれ」

ヘルメットを取ると、その男は汗を拭った。「一キロなら、良かった。もしかして、とんでもないところへ来ちゃったのかと思って、気が気じゃなかったんですよ」

見たところ、三十そこそこの印象だった。よく陽焼けして、がっしりした体格。しかし、笑顔はなかなか人なつこい感じだ。

「ここは私有地ですか」

「会社の持物さ。コテージがあるんだ。俺は管理人でね」

「ああ、なるほど。お邪魔しました」

と、男は頭を下げた。

「おい、暑いだろう」

と、西田は声をかけた。「冷たいもんでも飲んでくか？」

「いいんですか？　ありがたいなあ」

と、男はホッとした様子で息をつく。

「入れよ。――さ、遠慮するな」

西田は、何となく、その男が気に入ったのである。最近の、やわな、生《なま》っ白《ちろ》い若者とは違う。

「お邪魔します」

コテージの中へ入って、男はもの珍しげに見回すと、「ここで暮してるんですか」

「一人暮しだ。気楽なもんさ」

と、西田は言った。「ビールがいいか？」

「結構ですね！　いや、いただいたら、すぐ失礼しますから」

男は、缶ビールを開けると、一気に半分ほども飲み干して、息を吐いた。

「旨い！――生き返りました」

手の甲で、ちょっと口を拭うと、「コテージって、こんなにあるんですか」

例のリストを眺めている。

「そうだ。そいつが予定表さ。びっしりだろ？　夏の間は目の回るような忙しささ」

と、西田は両手を広げて見せた。

「そうでしょうね。――これが地図？」

「コテージの配置図だよ」

「ここはどこに当るんですか？」

「下の隅だ」

「これ？」

「いや逆だ」

西田は、配置図の前まで歩いて行くと、「こいつが今いる――」

と、指さしたが――。

西田の背後にいた男が、パッとビールの缶を投げ捨てると、太い左腕を西田の首にかけ、ぐっと抱き寄せた。同時に、右手が西田の後頭部を強打した。ハンマーのような一撃で、西田の首の骨は音を立てて折れた。

西田の体は床の上に突っ伏すように投げ出され、口から吐いた血が床に飛び散った。

それきり西田はカッと目を見開いたまま、ピクリとも動かなかった。

男は両手を軽く振って、ほぐすようにしてから、

「ごちそうさま」

と、言った。「旨いビールだったよ」

3

「本当にこれなの？」

と、初子は言った。

「そうだ。――そのはずだ」

と、松尾公吉は付け加えた。

松尾自身、「本当にこれか？」と、言いかけたのを、何とかのみ込んだのである。

「でも……立派ね」

車から降りた妻の布子《ゆうこ》は、ポカンとして、その「コテージNO・5」を見上げていた。

確かに、そのコテージは、車で前を通って来た他のコテージに比べて倍以上も大きく、造りも豪華だった。

どこか都内の高級住宅地に並べても、少しもおかしくない建物である。

「でも……確かに〈NO・5〉ってかいてあるし」

と、初子は言って改めて、「凄い！」

と、歓声を上げた。

「あなた、よく取れたわねえ、こんな所が」

と、布子が微笑む。

「うん？——ああ。のんびり過すにゃ、これぐらいでないとな。あんまりせせこましくちゃ、休んだ気がしないだろ」

と、松尾は笑って見せ、「さて、管理人の所に行って、鍵をもらって来ないとな」

「私、行って来てあげる」

と、初子が言った。「お父さん、荷物を下ろしといてよ」

「そうか？　地図だと、すぐその先を曲った所だ」

「うん、分った」

「それと——おい！　あわてるなよ」

と、松尾は、駆け出しそうになる初子を呼び止めた。「この券を見せるんだ。向うもこれがないと、鍵をくれない」

「了解！——いい空気ねえ！」

十六歳の初子は、まるでゴムまりみたいに弾んで、スキップしながら駆けて行った。

「元気な奴だ」

と、松尾は苦笑した。「——おい、いいよ、俺が運ぶ。お前、ポーチの椅子に座ってたらどうだ？　疲れただろ。だいぶ道がガタガタだったからな」

「あなた」

と、布子は軽く夫をにらんで、「私を重病人扱いしないでよ。少し心臓が悪いくらいで。お医者様だって、できるだけ普通の生活をするように、とおっしゃってるんだから」

「ああ、分ってるよ。しかし、どうせ大した荷物じゃないんだし」

松尾は、両手に大きなボストンバッグをさげて、張り出したポーチまで運んだ。

「涼しいし、静かだし……。天国ね」

と、布子が空を仰いで言った。

松尾は、ドキッとしたが、顔には出さなかった。——布子には、「普通の生活をするように」と言った主治医は、松尾一人のときに、

「充分に用心して下さい。気長に治療するしかないんです」

と、言っていた。

天国か……。やめてくれ！　縁起でもない！

「のんびり羽根をのばすさ」

ポーチの木の椅子に、布子と並んで座った松尾は、深呼吸した。

「あなた」

「うん？」

「よく休めたわね」

「俺なんか、いてもいなくても、大して変らないよ」

と、松尾は笑った。

布子は、夫の手に、そっと自分の白い手を重ねた。

「会社にとってはそうでも、私にとっては大違いよ」

と、布子は言った……。


――ここだわ。

松尾初子は、その小さなコテージの玄関に、〈管理事務所〉というプレートがあるのを見て、トントンと三段の階段を上り、玄関のドアを叩いた。

すぐに足音がして、ドアが開いた。

「――何か用かな？」

初子は、ちょっとポカンとしていたが、訊かれて、あわてて券を差し出し、

「あの――鍵をいただきに来たんですけど」

と、言った。

「ああ、そう。〈NO・5〉だね。――ちょっと入って」

びっくりしたなあ、と初子は心の中で呟いた。――こんなに若い人だなんて。

管理人って、たいていはいい年齢《とし》で、ちょっと気難しそうで、というイメージがある。

しかし、ここの管理人は……たぶん、三十歳くらいじゃないかしら？

「これだね」

と、その男は〈5〉という札のついた鍵を持って来た。「ええと……松尾さんだね」

「そうです」

「君は――娘さん？」

「ええ。父と母と私で、三人です」

「そうか、楽しくていいね」

と、その男は微笑んだ。「僕は西田というんだ」

「松尾初子です」

「はつ子？」

「初めての子。――最初で最後ですけど」

西田と名乗った男は、ちょっと笑った。

「君――高校生？」

「ええ、一年生です」

「若いねえ。いくら暑くたって気にならないんじゃないの？」

「そんなことないです」

初子は、友だちから「フライパン」とあだ名されている顔を、少し赤く染めた。黒くて丸いから、「フライパン」なのである。

「でも、管理人とかしている人って、もっと年齢《とし》のいった人かと思ってました」

と、初子は少し気楽になって言った。

「本当はね、僕の叔父がやってるんだ。今年は代理を頼まれたんだよ」

「そうですか。——納得！」

と、初子が肯いたので、西田はちょっと笑った。

「納得してくれて嬉《うれ》しいよ。何か、具合の悪い所とかあったら、いつでも電話して」

「はい。——それじゃ」

初子は、ペコンと頭を下げて、駆け出して行った。

——西田は、窓越しに、木立ちの間の道を見え隠れしつつ遠ざかって行く初子を見送っていた。

その顔には、もう微笑は浮かんでいなかった。その代り、どこか遠くへ思いをはせているような、奇妙な表情が見えていたのだ……。


信号待ちの車の運転席で、多田克代はちょっと空を見上げて眉をひそめた。

雲が出ている。——それも、黒ずんだ灰色の雲だ。

ちょっといやな気持がした。この週末は、全国的に晴れるはずだったのに。もちろん、こういう高原の辺りでは、天気が局地的に変りやすくなることがある。

降ったとしても、にわか雨程度のものだろう。計画に支障が出ることはあるまい。

後ろの車がクラクションを鳴らした。ハッと気付くと、信号が青になっている。急いで発進した。

私としたことが……。多田克代は苛々しながら、アクセルを踏み込んだ。

克代は、他人から文句を言われたり、せかされたりするのに慣れていない。言われる前に何でも完璧にやってのけているからである。

今のクラクションに苛々させられた克代は、山道にもかかわらず、ぐんぐんスピードを上げて、後ろの車を引き離してしまった。

運転には自信がある。

後ろの車がすっかり見えなくなると、少し落ちついて来て、スピードを落とした。

「何をむきになってるの……」

と、苦笑して呟く。「肝心の時だっていうのに」

自分でも、やはり気付かない内に緊張しているのかもしれない。

大丈夫。——簡単だわ。必要なのは度胸だけ……。

車は林の間の、曲りくねった道を辿《たど》っている。ハンドルだけに注意を集中している、この時間が、克代は好きである。

——計画は単純なほどいい。

複雑になればなるほど、現実には、思いがけない要素が出て来て、失敗する。

水沼吉哉と多田克代の計画は正に単純そのものだった。——ゆうべ、N生命の社長を早々に送って、ホテルで二人は計画を確認し合った。

というより、水沼は克代に任せ切り、克代の言いなりなのである。

コテージのすぐ近くには、湖がある。たいして大きくはないが、意外に深い。そこへ、水沼が妻の洋子を乗せてボートでこぎ出す。

湖の真中辺りで、ボートは転覆し、洋子は溺死する……。

洋子は全くのカナヅチで、泳げない。水沼は泳げるが、人を助けるほどの腕ではない。

不幸な事故。——その目撃者になるのは、多田克代である。

克代が水沼のコテージにやって来るのは、いつものことで、何の不思議もない。たぶん、これが計画的な殺人だと考える者は一人もいないだろう。

万一、いたとしても、それを立証するのは不可能だ。

克代は、充分に用心していた。克代と水沼の関係を知っている者は、いないはずだ。

水沼も、克代の言うことは、ちゃんと守っている。

社長ではあるが、水沼は財産というものを持っていない。創立者の孫である洋子が、膨大な株や資産を持っていて、水沼に「働かせている」というのが実情である。

洋子が死ねば——財産の大部分は水沼のものになり、そして水沼が克代と再婚すれば……。

もちろん、充分に用心する。間を置いて、決して焦ってはいけない。少しでも、疑いを持たれるようなことはしない。

待つだけの価値は、充分にあるのだから。

——車は、やがて湖の見える辺りまでやって来た。

湖を挟んで、ちょうど反対側に水沼のコテージがあるのだ。

一旦車を停め、克代は外へ出た。

空気がひんやりと冷たい。——緑の匂いが、体を包んだ。

湖は、何の変りもなかった。かすかな風に、湖面が細かく震えている。

唯一、問題があるとすれば、水沼洋子をボートに乗せられるかどうかだ。泳げないくらいだから、ボートにも、怖がって乗ろうとしないかもしれない。

そこは克代も考えていた。水沼に、新しく出たばかりの八ミリビデオカメラを持たせる。

お二人で、ボートに乗ってらっしゃるところを、おとりしますわ。

克代がそう言っても、何の不自然さもないはずだ。——洋子は目立ちたがり屋である。ビデオにとられる、と思えば、多少の怖さは我慢するだろうと克代は予想していた。

ふと、克代はいぶかしげに、湖の向う側のコテージを眺めた。——カーテンが開いている。

誰かが中へ入ったのだろうか？　管理人の西田が気をきかせて？

克代は、ちょっと苛立った。——自分が今日、あのコテージを開けて、明日から水沼たちが泊れるように、用意しておくつもりだったのだ。それなのに……。

克代は目をみはった。——コテージの、湖に面したバルコニーへ出る戸が開いて、若い女の子が出て来たのである。

一瞬、水沼の娘の俊子かと思った。しかし、俊子なら、見れば分る。あれは違う。一体誰が？

「お父さん！」

と、その娘が呼んでいるのが、克代の耳にも届いて来た。

克代は、そばの木のかげに身を隠した。——バルコニーへ出て来た男……。

どこかで見たような気がするが。誰だろう？

「——松尾さん？」

そうだ。庶務の松尾である。克代など、めったに会う機会がないが、人の顔や名前を憶《おぼ》える能力があるので、何とか思い出せた。

どうして、あんな平社員が、水沼のコテージにいるんだろう？

「何かの間違いだわ」

克代は急いで車へ戻ると、管理人のコテージへと走らせた。

――見たことのない、若い男が、コテージの前でライトバンからコーラやビールの箱を下ろしていた。

克代は車を停めると、外へ出た。

「失礼」

と、声をかける。「管理人の西田さんはどこ?」

その男は、急ぐ様子もなく、ビールの箱を積み重ねてから、ゆっくりと克代の方を振り向いた。

その視線は、なぜか理由の分らない力で、克代をひるませた。

「――あんたは?」

と、その男は訊いた。

「水沼社長の秘書よ。西田さんは?」

「何の用です?」

「何の用じゃないわ」

と、克代は苛々と言った。「〈NO・5〉のコテージに、どうして人が入ってるのか、訊きたいの」

「〈NO・5〉？——さっき、鍵をくれ、と言って来たんでね。渡してやっただけですよ」

「何ですって？」

「松尾とかいったね。リストに名前もあったんでね」

「そんな馬鹿なこと！」

と、克代は言った。「いいこと？　〈NO・5〉のコテージはね、水沼社長の専用なの。他の社員には利用できないのよ。西田さんなら知ってるはずだわ」

「そうですか」

と、若い男は肩をすくめて、「何も聞いてなかったんでね」

「あなたは？——ともかく、西田さんはどこなの？」

若い男は、チラッと奇妙に愉《たの》しげな微笑を浮かべた。

「裏です。薪《たきぎ》の山の所にいますよ」

「そう」

克代は、コテージのわきを回って、裏手に出た。薪の山が積んであるが、西田の姿はない。

「——いないじゃないの」

「奥にいますよ」

ついて来ていた若い男が、薪の束を二つ三つ、払い落とした。——がっくりと首を曲げて、白目をむき、口から溢《あふ》れた血がどす黒くこびりついて乾いた西田の顔が現われた。

克代は、よろけて後ずさった。

これが何を意味するのか、自分がどんな状況にいるのか、有能な秘書といえども、すぐには判断できなかった。

やっと危険を察して振り向いた時、すでに薪を割る斧《おの》が克代に向って正確に振り下ろされていた。

4

激しい雨がフロントガラスを叩いて、ワイパーがいくらせっせと動いても追いつかないくらいだった。

「畜生！　どうなってるんだ！」

水沼は、苛々しながら、「週末は晴天のはずじゃなかったのか」

「私に言ったって、仕方ないでしょ」

と、助手席でのんびりと洋子が言った。「新聞にはそう書いてあったんですもの」

「予想に反して、前線が北上したんですって」

と、後ろの座席で、俊子が言った。「さっきニュースで言ってたわ」

FMの入るウォークマンで、俊子はずっと音楽を聴いているのである。前線がね。——そんな説明を聞いたところで、雨が弱まるわけでもないし、車の運転が楽になるわけでもない。

水沼は、激しい雨の夜道を、ゆっくりと走らせていた。曲りくねった道である。必死でハンドルを握っているので、ベンツの中はクーラーがきいているのに、じっとりと汗をかいている。

「明日は上るでしょ」

と、洋子が楽観的な見通しを述べると、

「二、三日は降り続く予定ですってよ」

と、後ろから俊子が冷酷な（？）現実を告げるのだった。

水沼は、もちろん苛立っている。この雨では計画もおじゃんだ。——多田克代が、せっかくうまい手を考えてくれたというのに。

こんな雨の中、ボートで湖に出る物好きがいるわけもない。

しかし、「この週末に」と決心して、心の準備をして来た水沼としては、何とかやってしまいたかった。この機会を逃したら、二度とやれないような気がするのだ。

水沼は自分でも、決して度胸のある方だとは思っていない。ここまで決心するには、大変なエネルギーを必要とするのである。

まあ……コテージに着けば、多田克代が待っている。克代なら、何か考えてくれるだろう。

「あなた」

と、洋子が言った。

「何だ？　話しかけないでくれ。こんな時の運転は、ちょっと気をそらすと危いんだ！」

「そう」

と、洋子は肩をすくめた。

——俊子の方も、イヤホンから聞こえて来るロックに合せて体を揺すりながら、窓を叩く雨を、重苦しい気持で眺めていた。

堅二さん、この雨の中を、オートバイで来られるかしら？

せっかく、二人で星を見上げながら寄り添って寝ようと思っていたのに……。

倉田堅二とは、ディスコで知り合った。俊子自身は、高校生だから、ディスコへ行くことは禁止されている。学校では、いささか「不良」とにらまれているクラスの女の子に連れられて、初めて本格的なディスコに足を踏み入れた。

そこで会ったのが、堅二である。——友だちが早々にボーイフレンドとどこかへ消えてしまい、情ない顔で突っ立っていた俊子へ、数人の男の子が寄って来た。ドライブに付合えよ、としつこく誘われて、青くなっていた俊子を助けてくれたのが堅二で――バイクが好きで、週末などには乗り回しているが、普段はガソリンスタンドで働いているという、感じのいい若者だった。

俊子はアッという間に恋に落ちたが、もちろん父や母が許すわけもない。内緒での付合いはそろそろ三か月になる。

この週末、俊子たちの泊るコテージの近くに、堅二はテントを張る、ということにしてあった。そのテントの中で……たぶん、俊子は初めての経験をすることになる。怖い気もしたが、もうだいぶ前から心は決めていたし、ためらいはなかった。ただ、この雨……。

こんなひどい雨じゃ、テントなんか張れないんじゃないかしら?

俊子は、不安だった。

車が停った。

「おかしいな」

と、水沼は首をかしげた。「いくらゆっくり走ったにしても……。まだ着かないなんて」

「さっき、コテージの方へ曲る道を、通りすぎたわよ」

「何だと?」

「そう言おうとしたのに、あなたが黙ってろ、って言うから」

洋子は、おっとりと言った。「どこかでUターンできる?」

「やっと着いたか!」

水沼は、車をポーチの前に着けて、息を吐いた。

「少し小降りになったみたいね」

と、洋子は言った。「でも、濡《ぬ》れそうだわ。——俊子、トランクの荷物、お願いね」

「お母さんも少し持ってよ」

と、俊子はふくれっつらで言った。

機嫌が悪いのは、お腹《なか》が空いているせいもあった。何しろ、Uターンする場所がなくて、ずっと先まで行って戻って来たので、夜十時を過ぎてしまっている。

「何か食べたい!」

と、俊子は声を上げた。

「我慢しろ」

と、水沼は仏頂面で言った。「多田君が何か用意しといてくれるさ」

水沼は、ともかくポーチへ上って、玄関のチャイムを鳴らした。遅いので、何があったのかと心配しているだろう。

チャイムを聞いて駆けて来る——という水沼の予想は外れて、一向に誰も出て来る気配はない。

明りが点《つ》いているから、いないわけはないのだ。

もしかすると、心配して管理事務所にでも行っているかな。——車の電話が故障していて、途中で連絡できなかったのが、よけいにツイていなかった。

すると、パタパタとスリッパの音がした。

いたのか。やれやれ！

ドアが開いて——顔を出したのは、多田克代ではなかった。

えらく若い娘である。

「どなたですか？」

と、娘はいぶかしげに水沼を見て言った。

「君は——誰だ？」

水沼は、やっとそう言った。

「このコテージを借りてるんです」

「このコテージを？」

水沼は一瞬、自分が間違えたのかと思った。「ここは〈NO・5〉じゃないのか？」

「ええ、〈NO・5〉です」

と、その娘は肯いた。「どこか他と間違えてるんじゃないですか?」

水沼は、あまりに思いがけない事態に、腹を立てるのも忘れていた。

「どうしたの、あなた?」

と、洋子がやって来る。「早く中へ入ってよ。つかえてるわ」

中の方でも、娘の後ろから、

「おい、誰なんだ?」

と、男の声がした。「すぐに開けると無用心だぞ」

「おい、君らは——」

と、水沼が娘を押しのけて、玄関へ入ると、相手の男は、ちょっと目をパチクリさせていたが。

「どこかで会ったことが?」

と、言った。

「私は水沼だ!」

それを聞いて、相手が飛び上った。

「社長!」

娘の方がキョトンとして、水沼の顔を眺めている。

洋子と倹子の二人も、何だかわけが分らないままに、中を覗き込んでいるのだった……。

「まあ、そうだったんですか」

松尾布子は、不安げに、夫の顔を見た。「あなた――」

「うん。いや、何も知らずに……。申し訳ありません」

と、松尾は頭を下げた。

「妙だと思ったんだ」

と、初子が呟く。「立派すぎるもんね、社員用にしちゃ」

「全く、どういうつもりだ！」

水沼は真赤になって怒っている。

「係の子を責めないでやって下さい」

と、松尾は言った。「私に同情して、やってくれたことですから」

「それにしても管理の人もいい加減ねえ」

と、洋子は言った。

「代理だとか言ってました」

と、初子が言った。「まだ若い人で」

「それにしても、とんでもないことだわ。――本当に申し訳ございません」

と、布子が詫《わ》びると、「あなた、仕度して出ましょう」

「うん……。しかし――」

「今出れば、朝までには家に着けるわ。ね。すぐに浴室とか、片付けるから」

「分った」

松尾は立ち上ると、「色々勝手に使ってしまいました。精算などは後ほど」

そして初子の方へ、

「おい、荷物を詰めるんだ」

と、声をかける。

「どこか他のコテージに移れないの？」

「どこも満杯さ。さ、社長さんたちもお疲れだ。早くあけないと――」

「うん、分った」

「恐れ入ります。ちょっとお待ち下さい」

と、布子が頭を下げ、急ぎ足で居間を出て行きかけると、

「ちょっと待って」

と、洋子が声をかけた。「外は真暗だしひどい雨だわ。これから車で出るのは危いと思うけど」

「何とかなります」

と、布子は微笑んで、「車の中で眠っても構いませんし」

「そんなこと……。あなた、今夜はご一緒しましょうよ」

「何だと？」

「いいじゃないの。どうせ一部屋は余分があるし。——多田さんがみえてないのなら、その部屋とベッドもあるでしょ」

「しかし——」

「何も悪気でここにいらしたわけじゃないわ。こんな時間に出て行けなんて、無理よ」

「それは……しかし……」

洋子に言われると、水沼も弱い。何といっても、このコテージだって、持主は洋子なのだ。

それにしても——多田克代はどうしたのだろう？　水沼には、そっちの方が気になっていた。

「じゃ、いいわね」

と、洋子は言った。「今夜はどうぞ泊って下さい」

「そんなこと……」

「その代り、三人ともお腹が空いて死にそうですの」

と、洋子は微笑んだ。「何か食べるものを用意して下さる？」

布子も笑顔になった。

「すぐに。──沢山買い込んであります。何にいたしますか？」

「何でもいい！」

と、俊子が切実な声を上げたので、みんながドッと笑った。

もちろん、水沼吉哉だけは、苦虫をかみ潰したような顔をして、腕組みしているのだった……。

初子は、ベッドの上に放り出してあったパジャマやジーパンをせっせとボストンバッグへ入れていた。

このコテージに今夜だけはいられることになったが、部屋は移らなくてはならない。

他に二部屋あるといっても、どっちもシングルベッドが入っているだけだから、初子は、居間のソファか、それがだめなら、床に毛布でも敷いて寝ようと思っていた。

ふと、人の気配に振り向くと、「社長の娘」が立っている。

「すぐ空けますから」

と、初子は言った。

「おいしかった！」

と、俊子は言って、ベッドの上にポンと飛び込むようにして、寝そべった。

「あなたのお母さん、料理の天才ね！」

と、俊子は言った。「あんなおいしいチャーハン、生れて初めて食べた」

「そうですか」

と、初子は少々面食らいながら言った。

「それとも――うちのお母さんが下手すぎるのかな。めったに料理なんかやらないから」

「そうでしょうね。忙しいんでしょ、社長さんの奥さんなんて」

「どうかしら。――でも、やっぱり、あなたのお母さんの腕って、凄いと思う」

初子は嬉しかった。「社長の娘」が、こんな風に気軽に話しかけてくれるとは思っていなかったからだ。

「あなた、いくつ？」

「十六です」

「高一？」

「ええ」

「じゃ、私の方が一つお姉さんだ」

俊子は微笑んだ。「ベッド、二つしかないでしょ」

「ソファか床か、どこかで寝ます」

と、初子は言った。「母は心臓が悪いんで、楽に寝かせないといけないんです」

「そう」

俊子はベッドに寝そべったまま、言った。「あなた寝相は悪い？」

「私ですか」

初子は、首をかしげて、「昼間元気すぎるから、夜はおとなしい、って言われてますけど。——でも、眠ってる間のことですから、よく分りません」

「私もよ」

と、俊子は笑った。「良かったら、このベッドで一緒に寝ましょうよ」

「え？」

「これ、セミダブルのサイズがあるから、大丈夫。——お互い、もし寝ていてけっとばしても、恨みっこなし、という約束で。どう？」

「でも……」

「社長の娘、なんて思わないで。お互い、高校生じゃないの。父親がどうでも、関係ないわよ」

そう言えるのは、自分が「気をつかわれる側」だからだ、と初子は思った。でも、この娘の好意はありがたい、と素直に受け取るべきだろう。

「じゃあ……。お言葉に甘えて」

「うん!」

俊子は、嬉しそうにはね起きた。「どっちが壁の側に寝る? ジャンケンしようか」

俊子のはしゃぎぶりに、初子は目を丸くしているばかりだった……。

5

ルルル。ルルル……。

呼出し音が、虚《むな》しく鳴り続けている。

洋子の声がして、水沼はあわてて受話器を置いた。

「あなた」

「お電話だったの?」

と、居間へ入って来て、洋子が訊く。

「いや、ちょっと仕事の連絡で……」

と、水沼は口ごもった。「何か用なのか?」

「大した用じゃないわ」

と、洋子は真面目くさった顔で言った。「お昼ご飯の仕度ができた、ってこと」

「そうか……」

水沼は、苛立っていた。——土曜日も、もう午後の一時。相変らず、多田克代は姿を見せない。彼女の部屋に、何度も電話をかけたが誰も出ないままだ。

そして、この雨……。

雨は、まるで止《や》む気配もなく、降り続けていた。バルコニー越しに見える湖も、灰色の雨の中に、塗り込められてしまっていた。

「おい」

と、水沼は言った。「まだいるのか、あいつらは」

「松尾さん？　もちろんよ。朝だってお昼だって、あの奥さんが作って下さってるんだから」

「しかし——」

「この雨よ。私だったら、ろくなもの作れないわ。構わないいじゃないの。とてもいい人たちだわ」

——畜生！　どうなってるんだ！

水沼は、怒鳴り出したかった。——雨は降り続ける。多田克代は来ない。そして、あの妙な一家まで居座っている。

「完璧な計画」のはずが、一体どこで狂ったんだろう？

「──早く食べなよ、お父さん」

と、ダイニングルームでは、俊子が先に食べ始めていた。「お父さんの分も食べちゃうよ」

水沼は苦笑しながら席についた。

「松尾さんたちは？」

と、洋子が訊いた。

「台所で食べるから、って」

「まあ。一緒に食べればいいのに」

「私もそう言ったんだけど……。いい子よ、あの子」

「そうね。元気一杯って感じで」

と、洋子は笑って、「少し見習うといいわ、俊子も」

「お母さんこそ。少しは運動したら？」

「そうね」

「とか言いながら、何もしないんだから」

洋子は、ただ微笑んだだけだった。

水沼は、黙って食べ始めた。──確かに、味はいい。その点は、水沼も認めないわけにいかなかった。

「――いかがですか、お味?」

と、ちょうど松尾布子が顔を出す。

「おいしいわ、とても」

と、洋子が言った。「この週末だけで、太ってしまいそう」

「よろしかったら、お代りを。まだございますから」

「そう? じゃ、いただこうかしら」

「お母さんたら、太るって言っといて!」

と、俊子がにらんだ。

玄関のチャイムが鳴るのが聞こえた。

「あら、誰か――」

「私が……。初子、出てくれる?」

「はーい」

と、元気のいい返事が聞こえて来た。

水沼は、ホッとしていた。やっと多田克代がやって来たのに違いない。これで、この妙な連中も追い出せるというものだ。

――初子は玄関へ出て行った。

「はい、どなた？」

ドア越しに声をかけると、

「西田だけど」

と、声がした。

「あら。——今日は」

ドアを開けると、ゴムのカッパを着た西田が、立っている。

「やあ。どうだい、居心地は？」

初子は、チラッと中を気にして、

「それがね……。ちょっと」

と、ポーチへ出て、ゆうべの出来事を説明した。

「そりゃ悪いことをしたな。何も聞いてなかったんでね」

「いいの。おかげで楽しいわ」

と、初子は微笑んだ。

「出ていかなくてすみそうなのかい」

「ええ。どうせ明日の夜には帰らなきゃならないし」

と、初子は言った。

「そうか……。せっかくの週末が、この雨じゃなあ」

西田は、いつ止むとも知れない激しい雨を見やりながら、言った。

「あなたのせいじゃないわ」

と、初子は言った。

「そうだな」

西田は笑った。――初子は、その笑い声を聞くと、急に胸がしめつけられるように苦しくなって、びっくりした。

「どなた?」

と、ドアを開けて出て来たのは、俊子だった。

「あ――あの、管理人の西田さんです」

と、初子は急いで言った。

「あら、どうも」

俊子は、不思議そうな顔で、西田を眺めた。

「僕のせいでご迷惑をかけたようで」

「いいえ。――おかげで、いいお友だちができて。ねえ?」

俊子の言葉に、初子は少々戸惑いながらも、微笑んだ。

俊子の方では、「お友だち」のつもりかもしれないが、初子から見れば、相手は「社長のお嬢さん」である。やはり、気軽に友だち扱いはできなかった。

「どこか具合の悪いところはありませんか」

と、西田が言った。

「お医者さんみたい」

と、俊子は笑った。「でも――ちょっと入って。せっかくですもの。お茶でも」

「そいつはありがたいな。何しろ、この雨じゃ、何一つ買いに行くのも面倒くさくてね」

結局、俊子が西田を引っ張り込むような格好になって、ちょうど食事の終った台所に通した。

「――何だ、これは？」

と、水沼が顔を出す。

「管理人の西田さんよ。だめよ、お父さん、文句ばっかり言ってちゃ」

「ふん……。多田って女が来なかったか」

と、水沼が訊いた。「電話があったとか……」

「さあ、別に何もありませんでしたけど」

と、西田は言った。

「そうか……。ま、いい」

水沼は行ってしまった。

俊子と初子は、顔を見合せて、何となく笑ってしまった。

——俊子は、初子が少し面食らうほど、西田にせっせとコーヒーをいれてやったり、クッキーを出してやったりして、西田の仕事の話などを、あれこれと訊きたがった。

「俊子、電話よ。お友だちから」

と、母の洋子が呼びに来る。

「はい！」

俊子が、急いで飛んで行った。

「——にぎやかな人だなあ」

と、初子は思わず言った。「社長令嬢って感じ、しないでしょ」

「うん……」

西田はコーヒーをゆっくり飲み干すと、「何を不安がってるんだろうな」

と、言ってカップを置いた。

「すっかり長居しちまった。もう行くよ。仕事も残ってるし。ごちそうさん」

「いいえ」

「じゃ、何かあったら、いつでも声をかけてくれ」

「ありがとう」

初子は玄関まで、西田を送りに出た。

西田がカッパをはおって出て行く。外の雨は、一向に止む気配もなかった。

初子は、西田の言葉が気になっていた。

「何を不安がってるんだろうな」

——確かに、そうだ。西田に言われて、初めて気付いたのだが、俊子があんな風にはしゃいでいるのは、不安を忘れるためなのだ。

西田が、俊子をちょっと見ていただけで、それを見抜いたことにも、初子は驚いた。同時に、俊子が何を不安がっているのか、不思議にも思っていたのである……。


もちろん、「友だち」が彼のはずはない。

この雨の中を堅二はバイクではやって来られないだろう。

俊子は苛立っていた。あの西田という管理人を相手に、わざと陽気にふるまって見せたのも、その失望と、諦めを認めたくなかったからなのである。

「——はい、俊子です」

と、電話に出る。

友だち、って誰だろう？　ここに来ていることを知ってる子はそういないはずだけど。

「あ、もしもし？　水沼俊子さん？」

と、若い女の子の声。「今、代りますから」

当惑して待っていると、

「もしもし」

——耳を疑った。堅二だ！

「あの——私」

「やあ。直接かけるとまずいと思ってさ。今、途中のレストランなんだ。ここのウエイトレスに頼んで、かけてもらった」

俊子は、居間の中を見回した。

「今は一人よ。大丈夫。——この雨の中を来たの？」

「ああ。何とかな。こっちはだいぶ上ってるんだ。そっちは？」

「まだ降ってるわ。でも——来てくれるのね？」

「あと何十キロかな。ともかく、夕方までには着くと思う」

俊子は、カッと頰が熱くなるのを覚えた。

「良かった！　もう半分諦めかけてたのよ」

「雨ぐらいで、バイクに乗るのやめてたら、やってらんないぜ」

と、倉田堅二は笑った。「ただ、どこかでテント張れるかどうかだな。下が水びたしになってるだろうし」

「そうね。——何とか捜してよ、いい場所を。ね？」

「ああ。どうやって連絡しようか」

「そうね……」

少し考えてから、俊子は、「管理事務所の人に頼んで、電話してもらって」

と、言った。

「大丈夫なのか？　親父《おやじ》さんの会社で雇ってるんだろ？」

「でも、今年は臨時の若い人なの。大丈夫だと思うわ」

「分った。じゃ、捜すよ」

と、堅二は言った。「じゃあ、着いてから会おう」

「ええ……」

堅二の方が切るのを待って、俊子は受話器を置いた。

もちろん、苛立ちも不安も一度に吹っ飛んで、少なくとも俊子の気分は「快晴」というところだった……。


「雨か、全く！」

水沼は、二階の窓から、雨で細かく泡立って見える湖面を眺めていた。

「お天気に文句言ってもしょうがないでしょ」

と、妻の洋子がやって来て、外を眺める。

そして視線を空の方へやって、

「少し明るくなって来たみたいよ。明日は晴れるかもしれないわ」

「そうかな」

明日か。晴れたところで、克代がいなければ、とてもこの計画はうまく行かない。大体、洋子をボートに乗せるのが、まず不可能だろう。――せっかくの決心も、水の泡か。

それにしても、克代はどうしたというんだろう？　途中で事故でも起したのか……。

「多田さんはどうしたのかしらね」

と、洋子が言ったので、水沼はドキッとした。

「そ、そうだな……。まあ何か急な用事でもできたんだろう」

「そんなこと！　多田さんなら、何か用事ができたら、必ず連絡して来るわよ。いい加減な人じゃないんだから」

洋子が多田克代を評価しているのを聞くのは、水沼としては初めてだった。

「心配ね」

と、洋子は、また外の湖の方へ目をやりながら言った。「――ねえ、あなた」

「何だ？」

「もし明日晴れたら……」

と、洋子は言った。「私、湖で、ボートに乗りたいわ」

水沼はむせ返って、咳込《せきこ》んだ。

「——大丈夫なの？」

「ああ……。ちょっと喉が……下へ行って水を飲んで来る」

水沼は、急いで階下へ降りると、台所へと入って行った。

「あ、社長さん、何かご用でいらっしゃいますか？」

と、洗いものをしていた松尾布子が気が付いて振り向く。

「あ、いや……。水を一杯」

「お水ですか？　コーヒーか紅茶でもおいれしましょうか」

「いや……。水で結構」

水沼は、台所の椅子に腰をかけて、「すまんね。何もかもやらせてしまって。何しろ、うちの女房は何もしない奴だから」

「そんなこと……」

と、布子は、洗ったきれいなコップに水を入れ、小さな氷を浮かして、水沼へ渡した。

「社長さんのことは、とてもよくお分りでいらっしゃいますよ」

「そうかね」

「今朝のお食事やお昼にしても、社長さんの味のお好みを、とても詳しく話して下さいました。お体のことを考えて、塩分は控えめに、ということもおっしゃって。——ご自分ではおっしゃいませんけど、とてもお気をつかってらっしゃるんですよ」

水沼は水を飲むのも忘れて、ポカンとして聞いていたが、

「本当かね、それは？」

と、自分でも気付かない内に訊いていた。

「ええ、もちろんです」

確かに、洋子がこんな平社員の女房に嘘《うそ》をつかせるとは思えない。

しかし——そんなことが何だというんだ？　当り前の話じゃないか！　そうだとも。

俺は洋子から自由になって、克代と二人で新しい人生を始めるんだ。

水沼はガブガブと水を一気に飲み干して、またむせ返ってしまった……。

6

「ねえ、初子さん」

と、俊子は言った。「お願いがあるんだけど」

「何ですか」

初子は不思議そうに訊いた。

何しろ、俊子はいやに楽しげで——午前中の、あの「不安」の裏返しのようなはしゃぎぶりとはどこか違って、本当に楽しそうだったのだ——この雨で、どこにも出られないというのに、文句一つ言うでもない。

この人、もともとこんなに気分のよく変る人なのかしら、と初子は思ったりしていた。

——夕食の後、居間ではすっかり仲良くなってしまった様子の、水沼洋子と布子があれこれおしゃべりをし、それぞれの夫同士は、さすがに社長と平社員では、話もしにくいのか、黙りこくって雑誌を眺めている。

俊子と初子は、大人たちから逃れて二階の部屋に上っていた。

「後でね——たぶん、そろそろだと思うんだけど、電話がかかって来ることになってるの。あの管理事務所の人から」

「西田さんですか」

「そう。そしたら、ちょっと事務所まで行かなきゃならないの。でも、私一人だと、父も母もうるさいと思うから、一緒に行ってくれない？」

初子はわけが分らなかった。

「いいですけど……。行って何するんですか？」

「表向きは、何かゲームでもしよう、って言われたことにして。ね！　それなら父や母も心配しないと思うから」

「表向きは……？」

「つまり、私ね——」

俊子は急に真赤になった。「こっちで彼と会うことになってるの」

「彼……。恋人ですか」

「ええ。オートバイで来てね、この近くにテントを張るの。もちろん親には内緒よ。分ってよね」

「もちろん」

と、初子は肯いた。「でも——。ああ、それじゃ、口実なんですね、西田さんの所へ行くのは」

「ええ。でもね、彼には、あの管理事務所からここへ電話してもらってくれ、って言ってあるの」

「手がこんでるんだ」

と、初子は笑った。

「ディスコで知り合った子だし。そんな所へ出入りしてる、ってだけで、親に知られたら、大目玉だもの。しばらくは隠しておきたいの。——あなた、恋人、いるの？」

「そんなのいません」

と、初子は首を振った。「で、管理人の所へ行って、どうするんですか？」

「それは……。あなた。西田さんとトランプでもすれば？」

「一人で？　俊子さんは――」

「私、彼のテントに行くの。二、三時間は戻らないと思うから」

初子は、しばらく俊子を見ていたが、

「――じゃ、泊るんだ」

と、言った。

「寝る」という言葉を使うのは、恥ずかしかったのである。

「帰るわよ、もちろん」

「ええ、分りました。でも――」

「何？」

「西田さんがトランプできなかったら、どうしよう」

俊子は笑った。

その時、ドアを叩く音がして、

「俊子さん、お電話ですよ」

と、布子の声がした。

「いいタイミング！」

俊子は、寝そべっていたベッドから、ピョンと飛び上った。

雨は、ほとんど上っていた。

ただ、空気はひんやりと湿って冷たく、下もぬかるんでいるので、用心して歩かなくてはならなかった。

「——やあ」

管理事務所のドアが開いて、西田が顔を出した。「彼氏がお待ちだよ」

「すみません」

と、俊子が照れたように言った。

中で、倉田堅二がコーヒーを飲んでいた。

「やあ」

「いつ着いたの？」

「一時間前かな。暗くなってから道にちょっと迷ってさ」

「のんびりしてると、時間がもったいないんじゃないのか」

と、西田が言った。

「ありがとう。——じゃ、初子さん、お願いね」

「はい」

初子は、俊子たちと一緒に表に出た。

「もうテントを張ったの？」

「いや、下がぬかるんでて、とてもだめだ」

「じゃ、どうするの？」

「いいもの見付けたのさ」

　と、堅二がニヤリと笑った。「車」

「車？」

「うん。林の奥の方に隠してあるみたいに、置いてあったんだ。車の中なら、雨が降っても、どうってことないし」

「でも――誰の車？」

「分らないけど、あんな所に置いてあるんだ。すぐには使わないいんだよ。大丈夫。ドアもロックしてないいんだから」

「そう。――私はいいけど」

　俊子は少し不安げだった。

「さ、後ろに乗れよ」

　オートバイがあった。俊子は、後ろから堅二に抱きつくようにして乗った。

　初子は、オートバイがたちまち夜の闇の中へ消えて行くのを見送っていた。

――俊子さん、これからあの人と、車の中で……。

何だか自分の方が照れて、赤くなっている。

中へ入ると、西田がコーヒーを注いでくれていた。

「座ったら？」

と、西田は言った。

「ええ。ありがとう」

「君も大変だね。何だか出る口実に使われちゃって」

「本当」

と、初子は笑った。「でも、恋とかすると、他人のことなんか構っちゃいらんなくなるのかもしれないわ」

「そうだろうね」

「私、全然経験ないけど」

「君が？」

と、西田はちょっと目をみはって、「君がまだ、恋もしたことないのかい？」

「意外？」

「うん。――まあね」

「そう見えるかなあ。――あ、ありがとう」

コーヒーをもらって、初子はゆっくりと飲んだ。

「雨、止んだようじゃないか」

と、西田は言った。

「そうですね。――明日は晴れるかなあ」

「晴れると、また色々仕事がたまってるからね。大変だよ」

西田も椅子を引いて座った。

「西田さん、一人でこんなことやってて、何か約束とか予定とかなかったんですか」

「僕は一人でいるのが好きでね」

「じゃ、私もお邪魔?」

「人による」

「いい加減なんだ」

と、初子は笑った。

電話が鳴り出した。西田はのんびりと立って行った。

「――はい。――ああ、分りました。――いえ、すぐ行きますよ」

電話を切ると、西田は肩をすくめて、

「排水口が詰ってるって。ちょっと見て来るよ。若い女の子ばっかりのコテージなんだ。ゴキブリ一つで大騒ぎさ」

西田は道具箱のような物を手に取った。「しかし――下はぬかるんでるからな。長靴でもはいて行かないと」

「その方がいいと思う」

と、初子は肯いた。

「あの二人は、どこで恋を語る気なのかな。こんなじめじめした林の中で」

と、西田は笑った。

「車があったとか言ってたけど」

「車?」

「何か、林の中に乗り捨ててあったみたいな……。誰かの『忘れ物』かしら」

「そうかもしれないな」

と、西田は言った。「じゃ、行って来る。君、ちょっと留守を頼んでもいいかな」

「ええ、構いません」

「悪いね。TVでも見ててくれ」

西田が出て行き、初子は置いてあった週刊誌をパラパラとめくった。

考えてみたら、西田と二人きりでこのコテージにいたんだ。でも、西田は、そういう危険を全く感じさせない男だった。

「あれ?」

何の音だろう? 電話が鳴ったと思うと、すぐに止まり、カタカタと音がし始める。

「あ、ファックスか」

へえ、面白い。——初子の家には、もちろんファックスというものはない。立って行って、白いロールペーパーに、文字が出て来るのを眺めていた。

〈注意〉とあった。——何だろう？

見ていると、どうやら地元の警察からの連絡で、あちこちで人を四人も殺した凶悪犯が、この近辺に潜伏している恐れがある、ということだった。

「怖い……」

と、初子は目を丸くした。

湖があって、コテージがあって、殺人鬼か。何だか〈13日の金曜日〉って感じだわ、と初子は思った。

帰ったら教えてあげなくちゃ。もちろん、危いことはないだろうけど。

カタカタ、とまだ音は続いていた。——今度は写真？

どうやら、その犯人の顔写真——いや、似顔絵のようだ。似顔絵なんかじゃね。まず分らない。

カタカタカタ……。あんまり機械が新しくないせいか、のんびりと絵が出て来る。

もちろん、似顔絵なんて、あてにならない。

およそ似ても似つかないものになるのが普通で……。

初子は、プリントアウトされて来る、その「顔」を、ぼんやりと眺めていた……。

「――落ちつかない」

と、俊子は、体を起した。

「そうかい?」

「だって……車の中なんて」

リクライニングを一杯に倒しても、何といっても狭いのである。

「窓から見られてるような気がするし……」

「こんな林の中だぜ」

と、堅二は言った。

「分ってる。でも……だめなの。気分が……。ごめんね」

堅二は肩をすくめた。

「無理することないさ。最初はちゃんと、どこかホテルでもとらなきゃいけなかったな」

「うん……。そうしてくれる?」

「よし。――じゃ、この次の土曜日にでも」

「ありがとう」

二人は唇を合せた。——俊子はホッとしていた。

堅二が気を悪くするのでは、と心配だったからだ。

「あら」

シートを起そうとして、「バッグが落ちてるわ」

と、ドアとの狭い隙間に落ちていたバッグを拾い上げた。

「何だい？」

「この車の人のじゃないの？　女ものね」

「じゃ、戻って来るのかな。こんな風に放ったらかしといて」

「でも、妙ね。——女の人って、こういう物は必ず持って出るもんなのに」

俊子は少しためらったが、バッグを開けてみた。「手帳がある」

「どこの誰とか書いてあるかい？」

俊子は手帳をめくった。

「——名前があるわ。〈多田克代〉って」

俊子は眉を寄せた。「多田克代……」

「知ってるのか」

「父の——確か父の秘書の人だわ」

と、俊子は言った。「父が首をかしげてたの。ここへ先に来てるはずなのに、来てい

ない って」

「来てたんだな。じゃ、どこへ行ったんだろうな?」

「おかしいわ……。西田さんだって、全然知らない、って言ってたのに」

「あの管理人?」

「ええ。多田さんって人が来て……。そう、多田さんが来た時には、もう松尾さんたち、着いてたのかしら?」

「何の話だ?」

と、事情を知らない堅二は、キョトンとしている。

「ともかく、おかしいわよ。こんなバッグを置いて、しかも車をこんな所へ隠すみたいに置いとくなんて」

「何かあった、って言うのか」

「そう思わない?」

「うん……。まあ、そうかもしれないな」

「私、コテージに戻って、父に話すわ。送ってくれる?」

「いいよ。じゃ、すぐそばまでだな」

「うん。——悪いわね」

「なあに。明日、また会えるかもしれないだろ」

「晴れたらいいわね」

と、俊子は言って、堅二にキスした。

二人は車を出た。

バイクを置いた方へと歩きだすと——。突然、目の前からまぶしい光が射して来て、二人は飛び上りそうになった。

「帰るのかい?」

と、黒い人影が言った。

「あ、西田さんね」

と、俊子がホッとして、「よく分ったわね、ここが」

「その車を隠したのは僕だからね」

「え?」

俊子がポカンとしていると、堅二の方が、危険を察した。

「俊子、逃げろ!」

と、堅二が俊子を突き飛ばす。

「キャッ!」

転びそうになって、危うく立ち直った俊子は、振り向いて信じられないようなものを見た。

堅二が光に照らされて、突っ立っている。その首に、鋭い刃が突き刺さって、その刃先は後ろに飛び出していた。

堅二は目をみはって、しばらく棒のように突っ立っていたが——やがてドッと倒れた。

俊子は悲鳴を上げた。

西田がかがみ込んで、そのナイフを抜く。急ぐ様子もなかった。

俊子が、ただ呆然《ぼうぜん》として、動けずにいることを、ちゃんと見抜いているのだ。

「堅二……」

と、洩《も》れる声が震えた。

「この車を見付けさえしなきゃな」

と、西田が言った。「こんなものを見付けるから、命を縮めるんだ」

俊子は、全身が呪縛にでもかかったように、動けなかった。堅二……。堅二……。

どうして起き上らないの？　どうして助けてくれないのよ！

西田がフフ、と低い声で笑った。

「どうせなら、あのうるさい女の死体も見付けりゃ良かったんだ。それから、西田って奴の死体もな」

——この男は狂ってる！　狂ってるんだわ！

俊子は、無意識の内に、駆け出していた。突然、呪いがとけた人形のように、駆け出していたのである。

7

俊子が道まで出られたのは、ほとんど奇跡のようなものだった。

どっちへ向って走っているのかも、全く分っていなかったのだから。——明りが見えた。

たぶん——たぶん、あれは管理人のコテージだ。あそこへ逃げ込めば初子がいる。いや——そうだろうか？　初子も殺されてしまったかもしれない。でも、ともかく今、あの人殺しは自分の後ろにいるのだ。

あそこへ逃げ込んで鍵をかけてしまえば——。電話で救いを求めることもできる。

俊子は明りの方へと必死で駆け出した。

道が、ぬかるんでいる。滑った、と思った時には、俊子はぬかるみの中へ転倒していた。

その男は、すぐ後ろにいた。——まるで、俊子の必死の駆け足が、スローモーションの映画か何かだったかのように、男は悠然と追って来たのだ。

起き上った俊子は、ライトの光を浴びて、震えた。

「怖がってると、女の子ってのは美しいぜ」

と、男は愉しげに言った。「一番美しい。あんなじいさんや婆《ばあ》さんはどうでもいい。お前みたいな若い女の子が、恐怖に震えてる姿くらい、きれいなもんはないぜ……」

やめて、やめて、と俊子は口の中で、お祈りのように呟いていた。――お願い、やめて。

「楽に終らせてやるからな」

男は、ぬかるみの中に座り込んだまま、動けずにいる俊子の上にかがみ込んだ。ナイフが右手に光っている。

「あの女は斧で頭をぶち割ってやった。あんまりきれいなもんじゃなかったけどな。お前にゃそんなことはしない。この刃で喉をきれいにかっ切ってやる。顔はきれいなままで死ねるぜ。それが一番だ。そうだろう？」

男がライトをわきにかかえると、左手で俊子の髪をわしづかみにして、ぐいと顔を上向きにさせた。白い喉が、光を受けて、つややかに光る。

「ゆっくりおやすみ」

男がナイフの刃を、俊子の白い喉に当てる。

その時、シュッと何かが風を切る音がした。そして、ガッと音をたてて、こぶしほどの大きさの石が、男の頭を直撃したのである。

男は、呻《うめ》いた。俊子をはなし、二、三歩よろけた。ナイフが手から落ちる。

駆けて来る足音。誰かが、男に体当りして、ぬかるみの中へ一緒に倒れ込んだ。

バシッ、バシッ、と骨の鳴る音がして、男は仰向《あおむ》けになったまま、動かなくなった。

「俊子!」

と、声がした。「俊子!」

父と母が駆けて来た。俊子は、泥だらけの体で、ワッと泣きながら、父と母にすがりついた。

「やれやれ……」

自分も泥にまみれて立ち上ったのは、松尾だった。「間に合って良かった」

初子が、母の布子と二人でやって来た。

「お父さん!　けがは?」

と、初子が訊く。

「大丈夫だ。こいつは――」

と、倒れている男を見下ろして、「生きてるかどうか、知らんけどな」

「あなた……。心臓に悪いわ」

と、布子が微笑む。「でも、無事で良かった」

「もうパトカーが来ると思うわ」

と、初子が言った。

――俊子が両親に支えられて、やっと立ち上る。

「あの人が……」

と、俊子は声を震わせ、「殺された……」

と、泣き出した。

「ともかく、コテージへ戻るのよ」

と、洋子が、しっかりと俊子の肩を抱く。

水沼は、息を弾ませながら、

「いや、娘を助けてくれてありがとう。しかし、あの暗い中で、よく石を当てられたもんだね」

と、松尾を見て言った。

「いえ、会社の女の子に頼まれて、ソフトボール部のコーチをやらされてるんです」

と、松尾は言った。「まさか、ああうまく当るとは……」

「今度から」

と布子が言った。「野良猫が来たら、追っ払ってね」

「ね」

と、初子が、母の腕をつかんだ。「――聞こえる？」

サイレンだ。遠くから——まだかなり遠かったけれども、その音は確実に少しずつ近付いて来ていた。

ドアを開けると、初子は暗い部屋の中へ、

「俊子さん」

と、呼びかけた。「——起きてる?」

カーテンを引いて、洩れ入る光だけしか入って来ない暗い寝室の中から、

「ええ……」

と、かすかな返事があった。

「——もう、午後の三時ですよ」

と、初子は言った。「お父さんとお母さんが心配してる」

「分ってるけど……」

と、俊子は言った。「起きる気になれないの」

「分ります」

初子はベッドのそばに来て、「あの人——堅二さんのご両親も、夕方、みえるそうです」

「そう……」

しばらく間があって、ゆっくりと俊子は起き上った。「初子さん。カーテン、あけてくれる?」

「ええ」

カーテンをサッとあけると、まぶしい日射しが、部屋に溢れる。

「こんなにいいお天気なの!」

と、俊子が目を細くしながら、言った。

「ねえ、明日はもう月曜日なのに」

「ずっと晴れてれば——」

と、俊子は言った。「あの車を使わなくてすんだのに」

「ごめんなさい」

初子はうなだれた。「何も知らなくて……。お二人が車を見付けたことを、あの犯人にしゃべっちゃって……」

「あなたのせいじゃないわ。——運が悪かったのよ」

俊子は、大きく息をついた。「堅二さんのご両親には、きちんとした格好で会いたいわ。シャワーを浴びて、降りて行く、と母に言ってくれる?」

「ええ!」

初子は微笑んで、部屋を出た。

——俊子が三十分ほどして、階下へ降りて行くと、バルコニーの方から声がした。

「お父さん」

「俊子か」

水沼は、娘を見ると、胸が一杯になった様子で、その肩に手をかけた。「——辛いだろうが、我慢しろ。負けるな。それでお前は大人になっていくんだ」

「うん」

と、俊子は肯いた。「うん」

「父さんも……色々お前たちにすまないことをした。反省してるよ」

「お母さんは？」

と、バルコニーを見渡して、俊子は訊いた。

「あそこにおいでです」

と言ったのは、松尾布子だった。

湖面は、光を浴びてキラキラと光の破片を浮かべている。そこを滑るように横切るボート……。

「まあ、お母さんがボートに？」

と、俊子は目を丸くした。

「どうしても乗りたいと言うから、松尾君にこいでもらってる」

と、水沼は言った。「俺の腕じゃ、不安だからな」

よく晴れたせいか、他にもボートがいくつか湖にこぎ出していた。

俊子が手を振ると、洋子も気付いて手を振っている。

「お母さん、カナヅチだから、怖がって乗らなかったのに」


「どういう風の吹き回しかな」

と、水沼が肯いた。


水沼と俊子、そして布子と初子の四人がバルコニーで日を浴びながら、松尾のこぐボートを眺めていた。

「——あれ、危い」

と、初子が言った。

大学生ぐらいの若いカップルのボートが真直《まっす》ぐに、松尾たちのボートの行く手を遮ろうとしていた。

松尾が気付いて向きを変える。——しかし、間に合わなかった。

「ああっ！」

と、みんなが声を上げた。

ボートが派手にぶつかる。洋子が頭から水の中へ突っ込んだ。

「お母さん！」

と、俊子が叫んだ。「お母さん、泳げないんだよ！」

「洋子！」

水沼が、バルコニーの手すりに足をかけると、一気に水へ飛び込んだ。


「――どう？」

と、布子が言った。

「うん。そう水は飲んでない。大丈夫だ」

と、松尾は言った。「初子。タオルを持って来てくれ」

「はい」

初子が駆けて行く。――タオルで頭を拭きながらやって来たのは、洋子だった。

「どうですか、主人？」

「ええ。脈もしっかりしてるし、大丈夫ですよ」

と、松尾は言った。「やあ、気が付いたようだ」

水沼は、目をパチクリさせて、松尾を見ると、

「洋子は？」

と、訊いた。

「ここにいるわ」

洋子が、夫のそばにかがみ込んだ。「無茶して！　人を助けられるほど、泳ぎは上手《うま》くないでしょ」

「お前……」

「私はね、個人コーチについて、半年間、習ってたの。この夏はぜひ泳ごうと思ってね」

「じゃあ……」

と、俊子が言いかけた。

母が一緒に車に乗って行ったのは、そのコーチ？

「いや、奥さんの泳ぎはみごとなもんでしたよ」

と、松尾が言った。「その代り社長が途中でブクブクと沈没なさったんで、びっくりして」

「足がつっちまったんだ」

と、水沼は起き上って、少しむせた。

「ごめんなさい。何だか、この年齢で泳ぎを習ってる、と言うのも恥ずかしくて、黙ってたの」

「まあ、ともかく……」

と、水沼は息をついた。「みんな無事で良かった！」

「はい、どうぞ」

初子が、タオルを水沼へ渡す。

「や、ありがとう」

初子は、俊子が奥へ引っ込んで行くのを見て、

「みんな無事だったわけじゃありません。俊子さんのこと、気を付けてあげて下さい」

と、言った。

「そうか……。そうだったな」

「私が話をするわ」

と、洋子は言った。「自分で立ち直るしかないんだから」

「ああ。――全くだ」

――少し落ちつくと、松尾が言った。

「社長。私どもは今日の夕方、家へ帰りますので。すっかりお邪魔をしてしまいまして」

「帰る？　夏休みじゃないのか」

「仕事もございますし」

水沼は、手をのばして、松尾の手を握った。

「おい、松尾君」

「はあ」

「これは業務命令だ。あと三日、我々と一緒にここにいろ」

「は？」

「奥さんと娘さんはもっといても構わん。帰りはちゃんと公用車で送る。いいかね」

「しかし――」

と、松尾は言いかけて、「分りました。ありがとうございます」

と、頭を下げてから、

「ただ――山崎課長に――」

「あいつか。分った。ちゃんと言っておく」

水沼は、傍に微笑みながら立っている布子の方を見て、「奥さん、すばらしいご主人をお持ちですな」

と、言った……。


「神田君」

と、山崎の不機嫌な声が飛んで来た。「何だ、これは？」

神田昭江は振り返って、

「松尾さんから連絡があったんです」

「三日間、休みを延長？　ふざけてる！」

と、メモ用紙を手の中に握りつぶす。「戻った時には席がなくても構わん、ってことだな」

昭江は、青ざめたが、山崎には何を言っても仕方ない、と思い直した。

でも、松尾さん、どうしたんだろう？　こんなこと、今までなかったのに……。

山崎の机の電話が鳴った。

「――はい、山崎。――え？――あ、社長！」

山崎が、ピンと背筋を伸す。「――はい。――は？――しかし――いえ――その……」

段々、山崎の声は小さくなって、

「かしこまりました……。では……」

昭江は、山崎が、まるで夢遊病か何かみたいに、フラッと立ち上るのを、目を丸くして眺めていた。

「神田君……」

「はい」

「ちょっと……風に当って来る」

「はあ？」

「いや……どうも、悪い夢を見ているような気がして……」

後は何を言っているのか聞こえない。口の中でブツブツ呟きながら、出て行ってしまう。

呆気にとられて、それを見送っていた昭江は、首をかしげ、

「暑さのせいかしら」

と、独り言を言うと、肩をすくめて、伝票の整理にとりかかった。

疑惑の週末

1

ガチャッ。ギーッ。

女子ロッカー室のドアは、少しスプリングが古くなっていて、耳障りな音をたてる。

急ぎ足でロッカー室へ入って来た足音が、あわただしくロッカーの一つの前に止ると、扉の開く音。カタカタというのは、中のハンガーが、服を外した拍子に揺れて、ロッカーの仕切りにぶつかっているのである。

誰だろう、これは？　いやに帰り仕度を急いでいる様子だが……。

ギーッと音がして、また誰かがロッカー室に入って来た。

「あら、早いのね、恵《めぐみ》さん」

後から入って来たのは、角倉《かどくら》純子だった。勤続十五年のベテランで、女子社員では一番の古顔。課長連中でさえ、彼女には気をつかって、出張から帰る時には、わざわざ別のお土産を用意する。

「あの……今日はちょっと約束があって」

先に帰り仕度をしていた「恵」とは、保倉《ほくら》恵だ。入社三年だから、決して新人ではない。しかし、「角倉純子より早く帰る」のは、社内の不文律に反する行為なのだ。おそらく、焦って着替えようとしていたのは、この大先輩がやって来る前に、ロッカー室を出てしまいたかったからに違いない。

「デート？　いいわね、若い人は」

「そうじゃありません。友だちが――大学の時の友だちが結婚するんで、そのお祝いの打ち合せを。式場のカウンターが閉っちゃうもんですから……」

「じゃあ、早く仕度すれば？　そんなおしゃべりしてないで」

「はい……」

保倉恵は、小さな声で答えると、急いで着替えているようだ。――大方、角倉純子は、小さな椅子に腰をおろして、タバコをふかしている。その光景が目に浮かぶようだった。

「じゃ、お先に失礼します」

と、保倉恵がロッカーを閉めて、言った。

「ご苦労様」

角倉純子は、優しげに言って、保倉恵が出て行こうとする瞬間に、「――恵さん」

と、呼び止めた。

「はい」

おそらく、もうドアを開けかけている保倉恵が振り向く。

「明日、朝の当番、代ってくれる？　私、歯医者なの」

「明日……ですか」

「都合が悪きゃいいのよ」

「いえ。――やります」

「よろしくね」

「失礼します」

微妙に、保倉恵の声音が変っている。冷ややかな恨み、とでもいったものがこめられていた。

無理もない。朝の掃除とお茶出しの当番は、朝九時からの始業の、さらに一時間前の出社である。

しかも、当番で回って来るとはいえ、角倉純子が「代ってくれ」と言えば、それは「日を交換してくれ」という意味でなく、「私の代りに出て」という要求――いや、命令なのだ。次の保倉恵の当番の日に、角倉純子が代りに出るということは決してないのである。

この角倉純子の横暴は誰もが知っているが、文句を言う者はいない。逆らえば、どんな仕返しをされるか、みんな知っているのである……。

固まって、何人かがロッカー室へ入って来た……。

「——ねえ、お父さん」

トントン、とドアを叩《たた》く音。

越谷《こしや》忠文は、イヤホンを外して、テープを止めた。ドアを叩くのは現実の音だった。

「お父さん？」

「何だ？」

越谷忠文は、聴いていたウォークマンを、机の引出しの中へ放り込んだ。

「何だ、いたの」

ドアを開けて、覗《のぞ》き込んだのは、娘の梨果《りか》である。「何度も呼んだのに、返事しないから、いないのかと思った」

「聞こえなかった。仕事の電話をしてたんだ」

「耳、遠くなったんじゃないの？」

と、梨果はからかった。「晩ご飯。お母さんが苛々《いらいら》してるよ」

「分った。すぐ行く」

越谷は、机の明りを消した。

「家に帰ってまで仕事して、飽きない？」

と、階段を下りながら、梨果が言った。

「お前たちとは違う。仕事が好きなんだ」

と、越谷は言ってやった。「遊ぶ金を稼ぐために働く奴《やつ》がほとんどだからな、今は」

「お父さんの口ぐせが始まった」

二人して、ダイニングへ入って行くと、

「何が始まったって？」

越谷の妻、郁子が皿を並べている。「梨果、サラダの器、出して」

「うん」

一人っ子の梨果は今、十七歳の高校生。父親が五十歳、母親は四十五歳だから、早い子とはいえない。また父親に似ず（とは当の梨果の言葉だ）可愛《かわい》い顔立ちで、あれこれ文句は言いつつ、越谷も娘には甘い。

「――さ、食べましょ」

郁子は、おとなしくて、どこか影の薄い存在である。夫の個性が強くて、かすんでしまうのに慣れているのかもしれない。

「あ、そうだわ。梨果、おソース取って」

「うん」

――今の若いのは、みんなこうだ、と越谷は思った。言われればやる。しかし、何も言われなきゃ、言われるまで、じっとしているのである。越谷のような年代の人間には、信じられなかった。

言われたことだけやる、なんてのは仕事の内に入らない。言われる前に、何をすればいいのか、考えて動く。——越谷はずっとそうしてやって来たし、それでこそ、人の上に立てるのだ。それを、今の若い奴らは……。

「で、どうなったの？」

と、梨果が言った。

越谷は、何を訊《き》かれたのか分らず、食事の手を止めて、キョトンとしていた。

「土曜日のお休みのことよ」

と、梨果が言った。「今日、話し合うことになってたんでしょ？」

「ああ。——何のことかと思ったぞ」

と、越谷は苦笑した。

越谷は、社員数三十五人の企業の社長である。自ら創業し、ここまで育てた。当然の如《ごと》くワンマン経営の見本みたいなものであった。

土曜日も休みはない。一応半日ということになっているが、たいていの社員は二時ごろまで仕事をしていた。

さすがに、月に一回でも土曜日を休みにしないと、若い子が来ない、という意見が出て、今日、越谷は社員を集めて話し合うことにしていたのである。

「ね、どうしたの、結局？　一回ぐらいは休むの？」

「今まで通りだ」

と、越谷は言った。「おい、漬物はないのか」

「出すわ」

と、郁子が言った。

「じゃ、相変らず土曜日も全部出るの？　呆《あき》れた」

「給料をもらってりゃ、当り前だ」

「よく納得したわね。文句、出なかったの？」

「のっけに、人事異動の発表をしたんだ」

「こんな時期に？」

「土曜日を休みに、と言い出した奴を倉庫番にしてやった。それでみんな真青さ」

梨果が啞然《あぜん》として、

「ひどい……。お父さん――」

「仕事のことに口を出すな」

と、越谷は遮った。「子供の知ったことじゃない」

梨果は、黙ってご飯にお茶をかけると、一気にかっ込んだ。そして椅子をガタつかせて立ち上ると、ダイニングを出て行ってしまう。

「梨果、もう食べないの？」

郁子が声をかけた時にはもう梨果が階段を駆け上る足音が聞こえて来た。

「あなた……」

「放っとけ。大人になりゃ分る」

と、越谷は言った。

「一緒に夕ご飯を食べるのは、土曜日だけなのに……。もう少し和やかに――」

「世の中は甘いもんじゃないんだ。その内、あいつにも分るさ」

そうとも。俺は成功した人間だ。それは取りも直さず、俺が正しかった、ということなのだ。

越谷は、自分のやり方こそが最上という信念を、疑ったことはなかった。誰が文句を言おうと、金を持っている方が勝ちなのだ。

二階から、音楽が聞こえて来た。

梨果が自分の部屋でかけているのだろう。

越谷も、早く自分の仕事部屋へ戻りたかった。――あのテープが待っている。

それは、越谷にとって、いわば唯一の「秘密の楽しみ」だった。

いや、越谷に秘密というものがなかったわけでは、もちろん、ない。たいていいつも女がいて、それは郁子にも知られないように気を付けて来た。

だが、そんなものは珍しくもない。同じような立場にいる男たちは、越谷の知っている限り、三分の二は外に女を作っている。地方に支社があれば、そこに女を置いていたり、中には東南アジアにも「現地妻」がいる、という奴もいた。

越谷と一番親しい同業者などは、自宅を完全に二世帯用に分けて、妻と愛人を住まわせている。――越谷も、娘の手前そこまではやりたくないと思っていたが、今、女がいないわけではない。

しかし、このところあまりホテルへも行っていないのは、他の「楽しみ」を憶《おぼ》えたからなのである。

「――何か言ったか？」

ふと我に返った越谷は、郁子に訊いた。郁子が何か話しかけていたような気がしたのである。

郁子は、少しくたびれたような笑みを浮かべた。この笑顔を見ていると、越谷はいつも苛々して来る。

「ちっとも聞いててくれないのね、話しているのに」

ため息混じりに言われて、

「仕事のことを考えてるんだ！」

と、つい喧嘩腰《けんかごし》になる。

「じゃ結構です。ごめんなさい、お邪魔して。——もう一杯?」

「いや……。もういい」

少々気が咎《とが》めて、「お茶をくれ」

郁子が新しく入れかえてくれる。

「——何なんだ、話って?」

と、一口飲んでから言ったが、郁子は、

「別に。明日はお出かけ?」

と、訊いて来ただけだった。

「うん?——たぶんな」

「私、梨果のピアノの先生の所へ行かなきゃならないの。十一時ごろからいないわ」

茶碗《ちゃわん》を重ねながら、郁子は夫を見ていなかった。

「分った……」

一人でふくれてろ。——女房も娘も、よく似たもんだ。

越谷はお茶を飲み干すと、席を立って、二階へ上った。

梨果の部屋のドアは固く閉じられて、まるで父親を非難しているかのように思えた。

分りゃしないんだ、女には。——この世の中で成功するってことがどんなに大変か。人に恨まれるくらいでなきゃ、金儲《もう》けはできないのだ。

何だかわけの分らない音楽がドア越しに聞こえて来る。——越谷は自分の仕事部屋へ入ると、ドアを閉め、背もたれの高い、肘かけ椅子に寛《くつろ》いだ。

さあ……。さっきの続きだ。

越谷の胸は、まるで悪い遊びにふける子供のように高鳴った。

ウォークマンを引出しから出す。この一番簡単な「オーディオ機器」の使い方をマスターするまでに三台壊した。いつもテープを逆に押し込んで、ふたを力ずくで閉めようとしたのである。

しかし、今はベテランだ。イヤホンを耳に軽くかけ、スイッチを押す。——ほら、これでいい……。

ロッカー室での、女子社員たちの話し声が越谷の耳に入って来る。

別に面白い話が聞こえているわけではないのに、口もとに笑みが浮かぶ。相手に気付かれることなく、「本音」の会話を聞ける。それは、越谷のように、常に人より優位に立っていたい人間には、一旦とりつかれたらやめられない「魔力」を持ついたずらであった。

盗聴。

越谷は、会社の男子女子のロッカー室、トイレ、そして湯沸室に隠しマイクをセットして、上司の目の届かない場所での、社員の会話を録音しているのである。

――机の上の電話が鳴り出し、越谷はギョッとした。まるで覗きをしていて、肩を叩かれたかのように。

仕事用の電話だ。テープを止めて、

「――はい、越谷」

と、出てみると、

「あら、いたんですね」

と、不機嫌そうな女の声が聞こえて来た。

「お前か」

「どこか他の女の所へ寄ってるのかと思ってました」

「土曜日は家で飯を食うんだ。知ってるだろう」

「明日、来て下さる？」

「明日か……」

「気が重そうね」

越谷は、さっきの郁子の怒ったような、諦めたような視線を思い出した。しかし、どうせあいつは出かけるのだ。

「午後になる。二時ごろなら……」

「どこかへ出かけたいわ」

出かければ、何か買ってくれ、ということになる。——越谷は、ちょっと苦々しく口を歪《ゆが》めたが、このところ少々すげなくして来たという思いもある。

「分った。車はあるのか？」

「友だちのを借りてある」

「じゃ、出かけよう」

「本当？　待ってるわ」

声が少し弾む。——可愛いもんだ。

越谷は少し機嫌良くなって電話を切ると、またテープのスイッチを入れた。

もちろん、このテープのことは、あいつも知らない。自分の声もここに入っていると知ったら、やはりいい気持はしないだろうからな……。

女子ロッカー室での話題は、経理課長の不倫のことで盛り上っていた。越谷は、いつしかその場で話に加わっているような気すらして、ゆっくり肯《うなず》いたり、低い声で笑ったりしているのだった……。

2

「殺すしかないよ」

「でも……」

「分ってるだろ、あいつが許すわけがない」

「ええ、でも……」

「やるんだ！　君が幸せになれる道は、それしかない」

「主人は……確かに嫌いよ。憎らしいくらい。でも……」

「だったら、思い切ってやるんだ。――君が手を下すことはない。殺すのは、僕がやる」

「――分ったわ」

「やるね？」

「やるわ、私。――あなたがやることないわ。この手で、主人を殺すわ」

「どうしたの？　ぼんやりしちゃって」

「うん？」

越谷は、ふっと我に返った。「ああ、すまん。つい、考えごとをしてたんだ」

「私と一緒でも？　呆れた人」

若々しい、弾力のある肌をすり寄せて来ながら、保倉恵は笑った。「仕事と結婚してるのね、あなたは」

越谷は、恵の肩に手を回した。——ホテルに入り、一度抱いたものの、それから越谷はつい思い出してしまったのだ。

〈この手で、主人を殺すわ……〉

——あれは何だったのだろう？

「頭に来てるの」

と、恵が言った。

「角倉純子のことか」

と、越谷が言うと、恵は目を丸くして、

「どうして分るの？」

と、頭を枕から上げた。

越谷は一瞬焦った。それはあの盗聴したテープで聞いたことなのだ。

「いや——たぶんそうじゃないかと思ってさ……。前にも文句言ってたじゃないか」

「でも、いい勘よ。大当り」

幸い、保倉恵はそれ以上、おかしいとも思わなかったようだ。そしてあの一件を越谷に話すと、

「お茶に毒でも入れてやろうかしら、本当に！」

と、天井をにらみつける。「人を殺したくなる気持って分ったわ」

越谷はドキッとした。人を殺す。どうしてその言葉がやたら耳に入って来るのだろう。

「ねえ、腹立ててたら、お腹《なか》が空《す》いちゃった」

「ああ。——何か食べに行くか」

「イタリア料理！　ね？　今、はやってんのよ」

「俺は焼鳥か何かのほうがいいがな。——ま、どこでもいいよ」

と、越谷は笑った。

少し、恵のご機嫌を取りたい気分だった。いや、そうすることであのテープの奇妙な会話のことを、忘れたかったのかもしれない……。

「シャワー浴びるわ」

恵はベッドを出て、バスルームへと入って行った。裸の後ろ姿はスラリと引き締って、若々しい。俺の、腹の出た裸とは大違いだな、と思う。

ぼんやりと、越谷は天井を見上げた……。

——盗聴を始めたのは、ここ三年ほどのことである。

きっかけは、安い電卓を捜して、秋葉原の電気街を歩いた時、たまたま超小型のマイクとFM発信機、受信機などを見かけたことだった。その小ささに目を丸くし、興味がわいて、店員の話を熱心に聞いた。

その内、何だか買わないと悪いような気になって来て……。こういうことでは結構気が弱い。安いセットを買うことにして、もちろん費用は経費にした。

どこで使う、という考えがあるわけではなかった。しかし、家の中で使っても面白くないし、と考えると、当然会社のどこかに仕掛けてみようか、と思い付くことになったのである。

初めは、会議室の黒板の裏にくっつけて、会議の時間にわざと遅れてやった。みんながあれこれしゃべっているのを、電話しているふりをして、社長室で聞く。――びっくりするほど、よく聞こえた。

そして、課長たちの一人一人が、勝手なおしゃべりをしていると、越谷の目の前にいる時とは別人のようで、面白かった。

もちろん、自分の悪口も出るだろうとは予想していた。――実際は、予想以上に、悪口が多かったが。

だが、そこでは、越谷の全く知らない話――越谷の会社を買収したいという内密の話が、課長たちの方へ、ひそかに持ち込まれていることが、耳に入ったのである。

もちろん、越谷が首をたてに振らない限り、どうにもなるものではないが、課長たちに、そう仕向けるよう力を貸してくれ、という話が来ていたのだ。越谷は青ざめた。当然、課長たちの前では、そんな様子はおくびにも出さなかったが、相手企業へ手を回して、話そのものを叩き潰してやることができた。

これが、そもそものきっかけだった。

ロッカー室、トイレ、と拡大し、装置も、高価だが便利で性能のいいものにして、音がすると作動してテープが自動的に回る、という形にした。これで、それぞれ一週間分のテープを、週に一度、まとめて聞くことができるようになった。

もちろん、ほとんどは他愛のない世間話であり、同僚の噂《うわさ》、かげ口だった。しかし、中には誰がやめそうだとか、誰と誰が結婚しそうだとか――小さな会社だから、社員同士というのは少ないが――人事管理に役立つ情報もあった。

特に、引き抜きの話や、こっそり処理しようとしている失敗が耳に入って来るのは便利だった。そして思いもかけない取り合せの浮気とか……。

社員の弱味を握っておくというのは、越谷に実用上の利益があったし、それだけでなく、一旦とりつかれると、やめられない快楽でもあった。

道徳的に考えれば、問題はあっただろう。しかし、越谷は道徳などにこだわる人間ではなかった……。

だが——あれは何だったのだろう？

ゆうべ、男子ロッカー室のテープを聞いていた越谷は、もう全部終ったかと思ってテープを止めようとした。すると、あの会話が聞こえて来たのである。

〈主人を殺すわ……〉

あれは一体誰の声だろう？

男子のロッカー室は、マイクを隠すのに適当な場所がなかなか見付からず、あまりよく声が拾えない。というより、声がくぐもって、誰がしゃべっているか、よほど聞き返さないと分らないのである。

あそこで、男と女が話している。——みんなが退社した後でなら、おかしくはない。

男の方は若そうな感じだった。女は？　見当もつかない。

夫のある女で、恋人ができ、夫を殺そうとしている……。

そんなTVドラマみたいな話があるだろうか？

あれは一体誰だったのだろう？

越谷は、何回もくり返し聞き続けた。しかし、ついに思い当らなかったのである。

——バスルームから、恵が出て来た。

「ねえ、あなたもシャワー浴びたら？」

「そうするか」

越谷は、起き上って、伸びをした……。

カチリ、と鍵が回る。

越谷は、ゆっくりとドアを開けた。休日のオフィス。

いつもの、耳をつんざくような騒がしさが嘘《うそ》のようで、もちろん日曜日に出勤する者はいない。

越谷は明りを点《つ》け、オフィスの中を見回した。およそモダンとは言いかねるオフィスである。

雑然として、机も椅子も、とっくにスクラップになっておかしくない物ばかり。我ながら、よく保《も》たせてるよ、と感心した。

越谷は、食事をしてから、恵を送って行き、ここへ回って来たのである。手にした紙袋には、カセットテープと、電池が入っている。

まず社長室へ入ると、戸棚の鍵をあけた。――FMの電波を遮らないように、木の戸棚にしてある。

中のカセットレコーダーに、一本ずつテープをセットする。戸棚を元通りしっかりと閉め、ロックすると、ポンと軽く手で叩いた。

「さて、と……」

オフィスを出て、まず、男子のロッカー室。エアコンの下に貼りつけたマイクの具合を確かめ、電池を交換する。——おそらく、越谷が余裕をみて早めに取り換える物といったら、会社の中でもこれだけだろう。

これでよし。——次は女子ロッカー室。

越谷は、湯沸室に入った。お茶をいれに来る女の子たちの会話も、なかなか面白いのである。

特に、ここなら男と女が話せる。たまたま顔を合せたふりをして、こっそり待ち合せの約束をするのも、たいていここだ。

「神山の奴……」

と、越谷は呟《つぶや》いて、ちょっと笑った。

神山は経理課長だ。越谷も知っている細君は、完全に夫を尻に敷いている。神山が、大して魅力的とも思えない部下の女の子に手を出した気持も、分らないではない。

さて、次はトイレ、と……。

男性のトイレをすませ、女子トイレに入って、越谷は、鏡の裏の隙間にセットしたマイクの調子を確かめていた。

休日でも、空気に化粧品の、鼻をくすぐる匂いが漂っている。

「これでいいか……」

越谷はホッと息をついた。――また次の週末には、無上の楽しみが待っているというものだ。

ついでに手を洗い、ハンカチで拭いていると（もちろんペーパータオルなどは置いていないのである）――。

ガタン、ガタン、という音がした。ギクリとする。

エレベーターが動いている！

このビルは越谷の持物だが、自分の会社はその三階分だけで、他のフロアは貸していた。しかし、彼の社の人間が来るとは思えない。休日には中へ入れないことぐらい誰だって知っているだろう。

エレベーターが上って来る。ここへ来るのか？

越谷は、女子トイレの明りを消した。出て行けば、エレベーターは目の前だ。上って来た人間と出くわすことになる。

どうして女子トイレに入っていたのか、と訊かれたら、返事ができない。越谷としては、ここに隠れて、じっとしているしかなかった。

ガラガラと音をたてて（エレベーターも相当の年代物なのだ）扉が開く。越谷は、じっと息を殺していた。

カッカッ、と足音が……。女のようだ。ハイヒールか――よく分らないが、ともかく男の靴音ではない。

オフィスにはまだ明りが点いている。不思議に思うかもしれないが……。

たぶん、女子社員の誰かが、忘れ物でもしたのだろう。それを取りに来た。——越谷も、それぐらいの推理はできる。

足音は、オフィスの中を少し歩き回っている様子だったが、やがてまたエレベーターの方へと出て来た。それから少しためらっている様子だったが……。

「——いるの？」

その女が言った。「——ねえ、どこかにいるの？」

エレベーターホールは、声が反響するので、誰の声かよく分らない。何となく聞き憶えがある気がしたのは、やはり会社にいる誰かだからだろう。

呼びかけている相手は誰なのか？　ここで会うことにでもなっていたのだろうか。

返事がないので諦めたのか、女はエレベーターで、また下へ降りて行った様子だ。越谷は大きく息を吐き出した。

畜生……。すっかり汗をかいたぞ。

そっと女子トイレから出た越谷は、エレベーターが一階へ降りているのを見て、ホッとした。

オフィスの明りを消し、ドアをロックして、さあ、引き上げよう、とエレベーターホールへ出て来た。

ボタンを押して、一階のエレベーターを呼ぶ。ガタガタと音をたてながら、上って来る。待っていると少々苛々させられるが、といって丸ごと新しくしたら大変な費用である。

ガタン、とエレベーターが止り、扉が開く——。

「ワッ!」

お互いに、びっくりして飛び上りそうになる。誰か乗っているなどとは思ってもいなかったのだ。

「——社長」

「折原か! お前……」

「九州の出張から戻ったところです」

折原宏は、いかにも旅なれた感じの、小ぶりなボストンバッグ一つという身軽さだった。

折原は二十九歳。営業マンだが、若手ながら腕はいい。スラッとした長身で、身なりもさっぱりしていた。

出張から戻ったといっても、少しも疲れを感じさせないところが、越谷から見ると不思議である。——まあ、いい成績を上げているのだから、文句を言うこともない。

「ちょうど前を通りかかったら、明りが点いてたもんですから。開いてたら、資料を置いて行こうと思いまして。でも、社長がおられるとは思いませんでした」

と、屈託なく笑っている。

「ちょっと取りに来る物があったんだ。――鍵をあけるか?」

「いいですか?　五分ですみます」

「ああ、構わん」

「すみません」

折原が「五分ですむ」と言えば、本当に五分で終るのである。

折原が自分の机で手早く出張の資料を片付けるのを、越谷は眺めていた。――時々、首をひねることがある。

折原ほどの営業の腕があれば、もっと大きな企業に、いくらでも働き口はありそうなものだ。しかも――これは仕事とは関係ないが――折原はなかなか二枚目で、しかも独身。

この会社には女子社員は十人ほどしかいないが、全部の目が折原へ向いている、と言っても過言ではない。既婚の女性も、それに、保倉恵にしてもそうだ。

しかし、折原はたとえ誰かと付合っているとしても、極めて慎重なのだろう、これまではっきりした噂が立ったことはない。越谷の聞く、女子ロッカー室などでの会話にも、折原の話はしばしば出ているが、「本命は誰か」と、色々論議にはなっても、結論は出ないのである。

全く、不思議な男だ、と越谷は思った。

「——お待たせしました」

きっかり五分で仕事を片付けると、折原は出て来た。

ふと、越谷は思い付いた。さっきここへ来た女は、もしかすると、折原に会いに来たのかもしれない。——帰りにここへ寄ることになっていて……。

ここが開いていなくても、ビルの前で待っている、とか。明りが点いているので、上って来てみた、と考えれば、分らないでもない。

「おい、折原」

ビルを出た所で、越谷は言った。「どうだ、どこかで一杯やらないか」

「ありがとうございます。残念ですけど、これから約束があるんで」

「女か」

と、越谷は冷やかすように言った。

折原は笑って答えず、ちょうどやって来たタクシーを停《と》めると、

「じゃ、失礼します」

と一礼し、乗り込んで、行ってしまった。

自分の車へと歩いて行きながら、ふと越谷は思った。——あのテープの中の奇妙な会話。

あの男の声は折原かもしれない。はっきりそうだと言い切れる自信はないが、感じは似ている。

もし折原だとすると——女は誰なのだ？

越谷は考え込みながら歩いていて、自分の車の前を、素通りしてしまっていた……。

3

終ったか……。

越谷はホッとした気分で、沈黙したまま回り続けるテープの、かすかなノイズを聞いていた。

とりとめのない、世間話、相変らずのグチ、そして皮肉の言い合い。

こんなものを聞いていると、女がヒステリックでやきもちやき、などという通説が信じられなくなる。

こんな小さな会社の中でも、「俺の顔が潰れた」だの、「順序がある」だのと、文句を言い出す男の多いこと。——聞いていて、越谷は愉快ですらある。男の方がよっぽどやきもちやきだな！

越谷は、ゆっくりとコーヒーを飲んだ。

今は自宅ではない。帰りに寄った喫茶店で、テープを聞いているのである。

あの奇妙な会話が気になって、週末まで待てなかったので、今日はまだ水曜日だったが、男子ロッカー室のテープだけを、抜いて来たのだった。

あの会話は一体何だったのか。——用心して見てはいるが、折原の様子には少しも変ったところはない。

テープはまだ回り続けていた。電池のむだだな。ストップのボタンを押そうと指をかけた時だった。

「それで？」

男の声がした。越谷はギクリとして、危うくコーヒーカップを引っくり返すところだった。

「ご主人は気付いてない？」

と、男が言った。

「あの人が気付くわけないわ」

女の声。——同じだ。あの二人だ。

「しかし、充分用心しないと」

「もちろんよ」

女は落ちついている様子だった。前回の時には、ずいぶん迷っているようだったが。

「でも、やると決めたからには、いつまでも先にはのばせないわ。――そうでしょう？」

「もちろんさ、僕も……」

二人の声が低くなり、話の中身が聞きとれなくなった。越谷は、ボリュームを一杯に上げ、テープを巻き戻して、くり返し聞いたが、どうしても分らない。

仕方なくテープを先へ進める。――少しして、また声が大きく入って来た。

「――それがいいよ」

と、男が言った。「怪しまれないだろうし、どっちも」

「今度の週末にね、私、温泉に行くの」

と、女が言った。

「ご主人は知ってるのか？」

「言ってないけど、大丈夫。本人だって……。それより、温泉に行ってる間に、やるのよ」

「誰と一緒？」

「お友だち……」

また声が小さくなる。——必死でイヤホンを耳へ押し付けて聞き入る。

「……なのよ。それが一番いい方法だと思うけど」

「分った。後は僕が細かいことを考えるよ」

男が言って、「——これから、時間、あるかい?」

「少しなら」

「じゃ、行こう」

二人が出て行く。——再び、イヤホンに聞こえるのは、かすかなノイズだけになって、それきりだった。

越谷は、イヤホンを外して、息をついた。

あまり熱心に、息を殺して聞いていたせいか、額にうっすらと汗がにじんでいる。

どうなってるんだ? あの会話は、どう考えても、この前の続きとでもいうべきものだ。

しかし、会社が閉まってから、二人が会うとして、どうしてあんな場所で? いくらでも場所はありそうなものだが。

コーヒーは、すっかり冷めていた。もう一杯飲もうと、ウエイトレスを呼ぼうとして、店の中を見回す。

割合に広い店なので、ウエイトレスも四、五人はいるのだが、たまたま越谷の席の近くには見当らない。

するとカウンターの所で電話を取っていたウエイトレスが、店内に呼びかけたのである。

「お客様の越谷様、いらっしゃいますか」

ドキッとした。――ざらにある名前ではない。しかし、ここにいると知っている奴はいないはずなのに……。

ともかく、戸惑いながらも腰を浮かした越谷は、入口近くの席からパッと立って、電話の方へかけて行く女の子を見て、息をのんだ。

――梨果！　あれは――間違いなく梨果だ！

電話に出た梨果は、相手と何やら話し込んでいる。――学校帰りのままだろう。制服姿で、席には鞄《かばん》が置いてある。

こんな所に、どうしているんだ、あいつが？

越谷はコーヒーを頼むことなど、すっかり忘れてしまっていた……。

「珍しいね、お父さんと夕ご飯なんて、普通の日に」

と、梨果が言った。

「たまにゃ良かろう」

と、越谷が面白くもないという顔で言うと、

「突然帰って来るんですもの。あわてちゃったわ。おかずも少ないし」

と、郁子が笑った。「冷凍しといたお肉が残ってて良かった」

「何かあったの？　死が近いとかいう予感でも？」

「梨果、変なこと言わないで」

と、郁子が顔をしかめる。

しかし——食卓は和やかである。

意外なことだった。何が？　一つは、郁子が面食らったようなことを言っていながら、嬉《うれ》しそうだということ。もう一つは、この前の土曜日、週休二日制のことで、腹を立ててから、ろくに口もきかなかった梨果が、憎まれ口を叩きながらも上機嫌だということだった。

付け加えるなら、越谷自身も同様だった。つまり、家族三人での夕食——土曜日でない平日での夕食が、自分にとっても、気持の安らぐものだということを発見したのである。ただ、越谷の場合にはそれとは別に心配の種も抱えていた。

言うまでもなく、あのテープでの「奇妙な会話」と、梨果を会社近くの喫茶店で見かけたことである……。

「おい、梨果」

と、ご飯をお代りしながら、越谷は言った。

「あらあら、もうこれでご飯、おしまいよ。梨果、もっと食べる？」

「私、これで沢山。――何よ、お父さん？」

「うん……。いや、今日は学校で何かあったのか？」

この質問には、梨果だけでなく、郁子も呆気《あっけ》にとられた。――越谷が娘の学校のことを気にしたというのは、正に前代未聞の珍事である！

「あなた！　熱でもあるんじゃないの？」

と、郁子が真顔で言ったくらいだ。

「馬鹿！　何となく……訊いてみただけだ」

と、越谷は赤くなりながら言いわけした。

「何もありませんわ、お父様」

と、梨果は馬鹿ていねいに答えた。「授業。クラブ活動。――家へ帰ったのが七時少し前。これでよろしい？」

「分った」

と、越谷は肯いた。

梨果は嘘をついている。――これは、いささかだらしのない話かもしれないが、自分にとってショックだったことを、越谷は認めざるを得なかった。

もちろん、俺だって嘘はついている。——そもそも商売なんてものは嘘の集まりみたいなものだ。いや、女のことでも、郁子にはあれこれ言って、ごまかしている。

しかし、それとこれとは別だ。

どこが違うの？——梨果にそう訊かれたら、答えられないだろうが、その時はたぶん、「ともかく、本当のことを言え！」

と、怒鳴ればすむのだ。

それですまして来た。——これまでは。

突然、越谷は、ついさっきと同じ食卓についていながら、周囲が別の世界に変ってしまったような、奇妙な感覚に捉えられていた。

梨果は、昨日までの梨果ではなかった。秘密を抱え、親を自分の中へ立ち入らせない「女」になっていた……。

「お父さん。——大丈夫？」

と、梨果が呆れたように、「いやよ、まだぼけちゃ。私が結婚してからにしてよね」

「梨果」

と、郁子がにらんだ。「そうだわ、あなた。今度の——」

「うん？　何だ？」

越谷は、やっと口を開いた。時計では測れない時間が、流れたようだった。

「そうか」

「まだ言ってないわよ」

「じゃ、早く言え」

梨果は首を振って、食事を続けている。

「今度の週末なんだけど」

と、郁子が言った。「お友だちから温泉に誘われてるの。行ってもいいかしら」

――今度の週末。お友だち。温泉。

何だ？　どこかで聞いた文句じゃないか。

「構やしないわよ、お母さん」

と、梨果が言った。「いちいち、お父さんの許可なんてとる必要ないじゃない。行ってらっしゃいよ」

「そんなわけにはいかないわよ。お客様がみえるってこともあるし――」

「だから、行くって決めちゃえばいいの！　お母さんが他の人の都合に合せることないわよ。他の人の都合を変えさせりゃいいんじゃない。――ね、お父さん？」

週末。お友だち。温泉。

「そうか……。ま、いいじゃないか」

「ね、お母さん。のんびり行ってらっしゃいよ。子供じゃないんだから、私たち」

「そう？　じゃ、金曜の夜から二泊して来てもいい？　一泊じゃ疲れちゃうのよ」

「私は平気よ」

と、梨果は肯いて、「金曜日は、どうせ友だちに付合って、アマチュアバンドのライブを聞きに行くの」

「あんまり遅くなっちゃだめよ」

と、郁子は一言言ってから、夫の方へ、「構わない、あなた？　金曜日から——」

「いいとも。——たまには、のんびりして来い」

越谷は、自分がそう答えている声を、遠くに聞いていた。それは自分の声ではないように聞こえた……。


越谷はテープを止めた。

耳がジーンとしびれるようだ。——くたびれ切っていた。

時計を見ると、もう夜中の一時になっているので、びっくりした。かれこれ二時間近くも、同じテープを聞き返していたことになる。

いや、正確には二本のテープの、同じ部分、ということだ。

いつもなら、毎週同じテープをくり返し使うのだが、先週の男子ロッカー室の分だけは残しておいたのである。それと、今日持ち帰ったテープ。

合せても、五分ほどしかない、その「会話」を、何十回くり返して耳にしただろうか。しかし、結局——確信は持てなかった。あのテープの「女」が、郁子であるとは確かめられなかったのである。

そうかな、と思う部分もあれば、あいつのしゃべり方とは違う、と思うところもある。大体、聞きとりにくい隠しマイクの録音で、しかも元の声と、マイクを通した声は違って聞こえる。

男の方も、女の方も、誰と断定できるほどはっきりとは録《と》れていないのだ。

越谷は、仕事部屋の椅子にぐったりと身を沈めて、息をついた。目を閉じ、瞼《まぶた》の上からギュッと押してみる。

こんなことをしている自分が、情なかった。——女房に殺される？　馬鹿な！

郁子がどうして俺を殺すんだ？　何も理由なんかないじゃないか。

そうだとも。俺は立派に成功した。郁子だって、並の男と一緒になったら、こんな暮しはできやしないのだ。あいつは俺に感謝しているはずだ。そうだろう？

——自分へ問いかけても、答えは中から返って来なかった。

分り切っている。——そうだ。

もし、あれが本当に折原と郁子だったとしたら？

折原は二十九歳、郁子は四十五歳。

バランスがいいとは言えないが、こんな取り合せも、世の中にゃないとも言えない。

折原は郁子を知っているか？――そう、知っている。

折原が営業で目をみはるような成績を上げた時、この家の夕食に招いたことがある。

一年ほど前のことだろうか。

折原は若く、ハンサムで、口も達者だ。郁子や梨果を、大いに笑わせ、楽しませていた。

郁子が折原に魅かれたとしても、不思議ではない。折原の方は？　郁子のことを、越谷は格別に美人と思ってはいない。

しかし、おとなしいし、年齢の割には子供のようなところがあり、「可愛い」という言葉は、当てはまりそうである。

折原が、郁子と、またどこかで会ったとしたら……。偶然でもいい。ともかく外で会って、話し込んだら……。

当然、出るのは夫についてのグチだろう。毎日遅く帰るし、ろくに口もきかない。仕事仕事で、旅行へ連れて行くこともめったにない。

加えて外に女を作り……。いや、郁子は知らないはずだ。

そうだろうか？　何も言わないだけで、郁子はちゃんと分っているのかもしれない。

その胸の内を、折原へぶちまけ、折原の方は郁子に同情する。――恋が始まるには、充分な状況だ。

一旦いやになると、我慢できないところまでエスカレートする。その挙句が——。

「主人を殺すわ」

というわけか……。

越谷は頭を振った。——やめろ！　勝手な想像をして、頭を痛めているだけだ。

何もかも、思い過しかもしれない。そうだとも！

温泉に行くなんて、珍しいことでも何でもない。行くなら週末で、家族で行かないのなら、「お友だち」と行くしかないじゃないか。

そう考えれば、何てことはない……。

しかし——越谷の脳裏には、折原にすがりつく郁子、その郁子をベッドへ押し倒して、激しく抱きしめる折原の映像が、消しがたく焼きつけられてしまっていた。

あいつ……。折原の奴……郁子を抱いたんだろうか？　若い男に抱かれて、郁子はどう反応しただろう……。

越谷は、胸苦しくなって、立ち上った。

その恐ろしい想像から逃げようとするように——その場所から離れれば、想像の方もそこに取り残されて、追いかけて来られない、とでも言うかのように……。

廊下へ出ると、越谷は、郁子の寝室のドアの前に立った。——越谷はいつも仕事部屋に置いたベッドで寝ている。本来、夫婦の寝室であるこのドアを、この前開けたのはいつだろうか？

越谷はドアを開け、暗い寝室へと入って行った。

ベッドで、郁子が寝返りを打つ。――夢を見ているのだろうか。あいつの夢を。

ベッドに腰をおろすと、郁子が目を開いた。

「――あなた。どうしたの？」

かすかな明りに、郁子の目が光って見える。

「あなた……ねえ……」

のしかかって来る夫に戸惑ったように、郁子は押し戻そうとしたが――。越谷が諦める気はないと分ったのか、やがて郁子は体の力を抜いたのだった……。

4

「社長――」

ドアが開いて、保倉恵が顔を出した。「よろしいですか？」

越谷は、ふっと我に返った。

「ああ。――入れ」

お茶を飲もうと手を伸して、もう空になっていることに気付く。

「いれて来てあげましょうか」

恵は、そばへ来ると、ニッコリ笑って言った。

「ああ……。頼む」

恵の笑顔を見て、少しホッとした気分だった。——会社は会社、とやかましく言っている越谷だが、今日は少々参っている。

「——はい、どうぞ」

恵が熱いお茶をいれて来た。

「ありがとう。——いいのか、こんな所へ来てて」

「今日、角倉女史はお休みだもん」

なるほど、それで女の子たちが何となくのんびりしているのか、と越谷は思った。

「どうかしたの？」

と、恵は越谷のそばへ身を寄せるようにして、訊いた。「元気ないみたい」

「おい。——よせ。誰か入って来たら、どうする」

「誰だって、ノックはするわよ」

と、恵は言って、「そういえば、お客様」

「何だと？」

「女の人。——ここへ通しても大丈夫？」

「誰なんだ？」

恵はフフ、と笑った。

「心配そうな顔して。神山課長の奥さん」

「神山の？　そうか。——何かな」

越谷は少し考え込んだ。「分った。ともかく入ってもらえ。神山は？」

「銀行に行ってます。十分もすりゃ戻ると思うけど」

「そうか……」

神山の妻は、ここの社員だった。越谷が一応仲人もやったのである。——何て名だったかな？

「——お邪魔します」

と、入って来た顔を見て、思い出した。

「やあ。久しぶりじゃないか。かけろよ」

もちろん、見違えるように堂々たる体つきになってしまったが、顔立ちはあまり変っていない。

神山みどり。——そう、みどりという名だった。

「ごぶさたしまして」

と、越谷の前で頭を下げる。「お仕事中、申し訳ありません」

「いや、構わんよ。神山君は出かけてるようだが」

「ええ。存じてます。ちょっと社長さんにお話が」

「何だね？」

「ご存知と思いますけど……。主人のこと」

「神山君が――」

「女がいます。こちらの社員で、主人の部下です。ご存知でしょう」

越谷は、言葉に詰った。――知らないとは言えない。

しかし、越谷を戸惑わせたのは、神山みどりの口調――ごく当り前の、まるで「今日はいいお天気ですね」とでも言うような口調そのものだったのである。

「君ね……」

「もちろん、社長さんにどうかしてくれなんて申し上げたいわけじゃないんです。これは夫婦の間のことですし」

「いや……。確かにね、噂は耳にしてるよ」

仕方なく、越谷は言った。「まあ、男ってのは、しょうがないもんだ。いくつになっても、自分がもてると思い込みたい。そんなものなんだよ」

「ええ、よく分ります」

と、神山みどりは笑顔になって、「私だって、お風呂場で鏡を見ることぐらいありますものね。決して主人だけのせいだとは思っていません。ただ、子供のこともありますし……」

「いや、分るよ」

と、越谷は肯いた。

「それに会社の中というのは……。お仕事の場でそういうことがあるのは、まずいと思うんです」

「うん……」

自分と恵のことを考えると、あんまり勝手なことも言えない。

「でも、主人なんか、会社以外の所で、そんな相手が見付かるわけもありませんものね」

と、神山みどりは笑った。

「ねえ、みどり君――」

「あら、憶えていて下さったんですね」

「もちろんさ。――俺も君たちの仲人をやった身だ。神山君のことには、多少なりと責任があると思ってる」

「いえ、そんな」

と、神山みどりは打ち消すように、「主人も子供じゃありません。自分が何をしてるか、よく分っているはずです」

「うむ」

そう言われてしまうと、越谷としても、何とも言いようがない。

「社長さんや、この会社にご迷惑をおかけするのが心苦しくて」

と、神山みどりは言った。「社長さんには、ずいぶんお世話になりました。それなのに、こんなことになってしまって……」

「いや、そんなことはどうでもいい。ただ、気持がおさまらないのは分るが、こういう時はカッとなっちゃいけない。——男もね、心の中じゃ、悪い悪いと思いながら、浮気してるものなんだよ」

よく言うぜ、全く。——自分の中から嘲りの声が聞こえていた。

しかし、神山みどりは一向に「カッとなっている」様子ではなかった。むしろニコニコと笑顔を見せて、楽しげですらあった。

「で——何かね？　君、別れたいとか……」

「いえ、そういうわけでは……。夫の気持も聞いてみませんと」

「そうだとも。絶対に、別れるなんて言わないと思うよ。俺からもよく言っとこう。遊びもいいが、潮時ってものがある」

ふっと、疲れたように目を伏せて、「もう手遅れかもしれません」

「ええ、でも……」

ドアをノックする音がした。

「ああ、入れ」

と、越谷は言った。

「失礼します」

妻が来ていると聞いたのだろう、神山が上衣も脱がずに入って来た。「お前……。社長の邪魔して、何してるんだ！」

「いや、構わないんだ」

と、越谷はあわてて言った。「懐かしかったしな。奥さんの顔が見られて」

妙なもので、自分は平気で妻や子供を怒鳴るが、人の喧嘩を見るのはいやなのである。

「話があるなら、うちですりゃいいじゃないか。何も会社にまで来なくても」

神山は、社長の前で顔を潰された、という腹立ちを、抑えかねている様子だった。

「あなたは、ちっとも帰って来ないじゃないの」

と、神山みどりは、冷静に言い返す。

「仕事で遅いんだ。仕方ないだろう」

つい、目をそらしてしまうのが、神山の気の弱いところだ。

「あなた」

と、神山みどりは、ちょっと笑って、「私もこの会社にいたのよ。いつも経理がどれくらい忙しいか、よく知ってるわ」

神山の方も、言い返せない。越谷は、つい笑ってしまった。

「奥さんの勝ちだな。俺は、ちょっと出て来る。ここで話し合ったらどうだ」

と、立ち上る。

「しかし社長——」

「お言葉に甘えて」

と、神山みどりの方は頭を下げた。

社長室を出ると、越谷は保倉恵に、

「ちょっと、中へ入らないようにしろ」

と、声をかけた。「出かけて来る。三十分ほどで戻るからな」

「はい」

恵は、好奇心で目を輝かせている。

案の定、恵はエレベーターホールまで追いかけて来た。

「——ね、何してるんですか、神山さんたち？」

「知るか」

と、越谷は肩をすくめる。「おい、今日は──」

「彼女、奥さんが来たとたん、頭痛で早退しちゃいましたよ」

神山の浮気相手のことだ。妻と顔を合せたくないという気持は分る。

「ま、夫婦のことは誰にも分らん」

と、越谷がエレベーターのボタンを押すと、恵は、チラッと左右へ目をやって、

「あんな風に、奥さんが会社へ来たらどうする?」

と、言うと、フフフと笑ってオフィスへ戻って行った。

やれやれ……。

越谷は苦笑しながら、上って来たエレベーターに乗った。


出かけるといっても、何か特別の用事があったわけではない。

近くのそば屋へ入り、少し早目の昼を食べていると、ガラッと戸が開いて、折原が入って来た。

「いらっしゃいませ」

店の中を見回した折原は、越谷に目を止めて、一瞬、ギクリとした様子だった。

越谷は、折原が入って来ていることに気付かないふりをしていた。折原が、こっちに気付いて、顔がこわばったことも、ちゃんと目の端で捉えてはいたが……。

「社長、お珍しいですね」

いつもの笑顔でやって来ると、「よろしいですか、ご一緒して」

「ああ、構わん」

抜け目のない奴だ、と思った。こそこそと出て行けば、怪しいと思われるだけだ。

だから、自分の方から声をかけて来たのだろう。

「いや、朝を食べそこねまして」

と、折原は照れくさそうに言った。「少々早目にそばでも、と。――しかし、社長に見付かっちゃ、うまくないな」

「俺だって食ってるんだ。遠慮するな」

「そうですか。――じゃ、僕はとろろを」

と、注文して、「ここんとこ、渋いですね。どこでも」

「お前の腕なら、何とかなるだろ」

「いえ、運が良かっただけかもしれません」

「何だ、弱気なことを言い出すじゃないか」

「そう若くもありませんから」

若い人間にそう言われると、少々カチンと来る。

しかし――もし、本当に郁子と関係があるのだとしたら、こんな風に平然と越谷としやべっていられるだろうか？

「――お宅でごちそうになった時のことを、今でも思い出します」

折原の言葉に、越谷のそばを食べる手が止った。

「大したこともしなかった」

「とんでもない。僕は長いこと独り暮しですから、家庭料理の味に感動しました。いや、お世辞でも何でもありません。――奥様の手料理はすばらしかったですよ」

「そうか？」

「結婚するなら、奥様みたいな方、と決めたんです、あの晩に。ま、いつのことやら、ですが」

「女房に伝えとくよ」

何て奴だ！――越谷は分らなくなって来た。

当の亭主に向って、女房のことを賞《ほ》める。その女房と関係している男が……。

そんなことがあるだろうか？　何もかも、俺の思い過しなのか。

いや、そうとも限らない。俺が怪しみ始めているのを気付いて、逆手に出たとも考えられる。折原は、そんな手ぐらい使いかねない。

それだけの度胸もある男だ。

「――お待たせしました」

とろそばが来て、折原は食べ始めた。もう食べ終った越谷は、ゆっくりとお茶を飲みながら、

「この週末には温泉だとさ、女房の奴。呑気《のんき》なもんだ」

と、言った。

「ああ、いいですねえ。温泉は今、流行ですから。若いＯＬでも、温泉通が大勢いますよ」

「お前も行くのか」

「いや、僕は出不精で」

と、折原は笑って、「休みは部屋で一人寂しく引っくり返ってますよ」

店の女の子が、折原の方へやって来た。

「お電話ですよ」

「そう？　ありがとう」

折原が、急いで立って行く。

電話か。——折原は、たまたまここへ入ったようなことを言っていたが、それなら誰も電話して来たりしないだろう。

折原がしゃべっている声は、遠くて聞こえなかった。——話はすぐに終り、戻って来た折原は、

「失礼しました」

と、椅子を引いた。「もしかすると、ここにいるかも、と言って来たんで……。また午後、同じ所を回らなきゃいけません」

「ご苦労さん」

越谷は立ち上った。「俺は社へ戻る」

「そうですか。――あ、社長」

越谷が伝票を二枚ともつかんだのを見て、折原が手を伸した。

「たまにゃいいさ。そばの一杯ぐらいはな」

「すみません、ごちそうになります」

いいさ。――いつも郁子を可愛がってくれてるお礼だよ。

財布を出しながら、越谷は心の中で、そう呟いた……。

――エレベーターに乗ろうとして、越谷はふと思い付いて、公衆電話で、自分の家へ電話を入れた。

ルルル、ルルル、と耳障りな呼出し音がしばらく続いて、越谷は諦めた。

出かけているのか。――どこか、外で折原と会うために？

「放っとけ」

と、腹立たしげに呟くと、エレベーターで三階へ上る。

しかし……放っとくといっても、折原と郁子が俺を殺そうとしているのなら、「放っとく」わけにはいかなくなるのだ……。

三階に上り、オフィスへ入って行く。

「――神山は？」

と、越谷は、恵に訊いた。

「まだ中です。――お電話が二件」

と、メモを差し出す。

「分った」

メモを見ながら、越谷は社長室のドアを開けて、中へ入った。――こいつは急いで電話しなきゃいけないな。

デスクの前の椅子に、神山みどりが座っていた。

「やあ、どうなったんだ？」

と、声をかけて――。

何をぼんやりしてるんだ？　俺のことなんか目に入らないみたいだ。

どうして、手が汚れてるんだ？　しかも、真赤で、血にまみれてるみたいに。

何を握りしめてる？　その右手につかんでるものは……。

越谷の手から、メモが落ちた。

ナイフだ。神山みどりが握りしめているのは。

越谷は、ゆっくりと社長室の中を見回して、戸棚の前のカーペットに、体を丸めて動かない神山の、血に染った姿を見付けた。

5

「――待って」

玄関を入った所で、郁子が言った。「梨果」

「お帰り」

二階から、梨果が下りて来た。

「ね、お塩をかけて、お母さんたちに」

「うん」

浄《きよ》め塩を、梨果が越谷と郁子にふりかける。

妙なもんだ、と越谷は思った。梨果のような世代は、こんな縁起かつぎなど、信じてもいまいが、別に馬鹿にするでもなく、ちゃんと言われた通りにする。

〈死〉というものは、それだけ人を厳粛にさせるものを持っているのだろうか。

「上りましょ、あなた」

「うん」

「疲れたわ」

郁子は、居間へ入ると、黒いスーツのまま、ソファに座り込んでしまった。

「どうだった？」

と、梨果が入って来る。

「お葬式はお葬式よ。——ね、梨果、悪いけど、紅茶か何か、いれてくれない？」

「いいよ」

梨果がダイニングキッチンへと歩いて行った。

越谷は上衣を脱ぎ、チョッキのボタンを外して、ネクタイをむしり取った。ワイシャツのボタンを一つ外すと、大分楽になる。

「少しきつくなった。太ったかな」

と、越谷は言った。

「辛《つら》かったわ」

と、郁子が言った。「特に子供さんが……。お母さんがお父さんを殺したんですものね」

「そうだな。——やり切れんな」

越谷も、正直にそう言った。

「私たちが仲人をして……。それは当り前だったでしょうけど、でも、やっぱりいくらかの責任は感じるわ」

「仕方ないさ。死んだ人間は帰って来ない」

越谷は、ソファに身を沈めて、天井を見上げた。

「——お父さんも飲むかと思って」

梨果が、紅茶のカップを二つ持って来た。

「ありがとう。——欲しかったんだ」

こんなことを、娘に言ったことがあっただろうか？　俺は、妻や娘に、礼を言ったことがあるか？

「大勢、来てた？」

と、梨果が訊いた。

「ええ。会社の人以外にもね。奥さんのお友だちとかも」

お友だちか。——越谷の頭の中で、またあの言葉が目を覚ました。

「奥さんは？」

「来てないわ。——警察でしょ、きっと」

「後悔してるのかなあ」

と、梨果が言うと、郁子は、

「どうかしら」

と、低い声で言った。「奥さんの気持は、誰にも分らないわね、きっと」

「でも、ご主人の方が悪かったんでしょ」

と、梨果が言った。「何も殺さなくたっていいのにね。お金とって、別れてやりゃいいんだ」

「そんなに単純なものじゃないわよ」

と、郁子は苦笑した。

「愛してたのかなあ」

「誰が？」

「その奥さん。ご主人を。——愛してなきゃ、殺したりしないよね」

「そうね……」

郁子は、ちょっと息をついて、「ね、今夜は何か取って食べましょ。作る元気、ないの」

「うん……」

梨果は、居間を出て行った。

「着がえるわ。あなたは？」

「もう少し休んでからにする」

と、越谷は言った。

郁子が立って居間を出ようとする。

「郁子」

「え？」

「お前……温泉はどうするんだ？　もうやめるのか」

——神山の死で、週末は大変なことになってしまった。

郁子も、もちろん温泉行きは中止し、この日曜日、葬儀に出たのである。

「のばしていただいたのよ、事情を話して。今さらやめられないわ」

と、郁子は言った。「今度の週末。——構わない？」

「ああ、もちろんだ」

と、越谷は肯いた。「訊いてみただけさ」

郁子が出て行き、一人になると、越谷は目を閉じた。

疲れているのに、眠れない。——あれ以来夜中に何度も目を覚ましていた。神山の、血にまみれた死体が、何度も夢の中に現われて、その死体は時として越谷自身に見えたりした……。

あの事件が、郁子と折原にどう受け止められたか、越谷には想像もつかなかった。いや、そもそも、折原と郁子が「そういう仲」なのかどうかも、定かでないのだ。

しかし——ともかく、あんなことが身近に起った、そのことが越谷を震え上らせていた。

夢ではないのだ。自分にだって、同じことが起り得るのだ、と思った。

立ち上ると、居間の中を、追われるように歩き回った。

どうしたらいい？　もし、本当に郁子が俺を殺そうとしているとしたら……。

それはいつだろう？　金曜日の夜か。それとも土曜日か。

越谷はピタリと足を止めた。

忘れていた！

会社に仕掛けたテープを、持って来ていない。神山の事件でそれどころではなかったのである。

もしかすると——またあの会話が入っているかもしれない。

越谷は二階へ上ると、急いで着がえた。

「あなた——」

「会社へ行って来る」

「今から？」

郁子は、階段を下りて行く夫を見送って、呆れたように、「明日じゃいけないの？」

と、声をかけた。

越谷は返事をしなかった。もう玄関で、靴をはいていたのである。

「ねえ……」

と、恵が言った。

「うん？」

越谷は恵のすべすべした背中に手を這《は》わせながら、「何だ？」

「私……」

恵は、ゆっくり仰向《あおむ》けになった。

暗いホテルの一室。わずかな明りに、恵の肌が白く光って見えた。

「会社、辞めようかな」

越谷は、まだ忙《せわ》しく打っている心臓の音に耳を傾けながら、

「辞めて、どうする」

と、言った。

「分んないけど……。お嫁に行こうかな。お見合でもして」

「ふーん」

「それだけ？」

と、恵は少し恨みがましい口調で、言った。

「じゃ、どう言えばいい？」

「そうね……。私、もうおしまいにしなきゃ、って思ったの。私たちのこと」

越谷は、じっと暗い天井を見上げた。闇が落ちて来そうだ。

「そうか」

「会社にいたら、無理でしょ。毎日、顔を合せるんですものね。おしまいにしたら、やっぱり辞めなきゃ」

「こんな年寄りには飽きたか。——いや、文句を言ってるんじゃないぞ」

「そうじゃないわ。年齢はいいの。何も映画スターと寝てるわけじゃないし。優しいし、好きよ」

と、恵は微笑《ほほえ》んで見せる。「——でも、神山さんのこと……」

と、真顔になる。

「——分るよ」

「ねえ、あんなの見ちゃったら、怖い。もちろん、奥さんが、私やあなたを殺しに来るとは思わないけど……。もし、そんなことになったら——」

「よせ、そんなこと考えるのは」

「もしも、私が殺されたとして……。みんなから、『あんなことしてたんだ、仕方ないよ、殺されても』なんて言われるの、惨めじゃない？」

「やっぱり……間違ってるんだわ、こんなことって」

「ああ」

越谷は何も言わなかった。

「遊びだと思っても——どこかで、一パーセントぐらいは本気のとこがあって。それが怖いの。その一パーセントで、いつか取り返しのつかないことが起るかもしれない、って……」

恵は、越谷の方へ体を向けた。「怒ったの？」

「いや。——俺も、同じことを考えてた」

「本当？」

「ああ。これで終りにしよう」

「そう言われると……。ちょっと寂しいわ」

と、恵は笑った。

そして恵は若々しい肢体を思い切り伸した。どこまでも遠くをつかみ取ろうとしているかのようだった。

——会社へ駆けつけて、テープを取り出した越谷は、待ち切れず、会社でテープを聞いてみた。

しかし、今度のテープには、あの二人の会話は入っていなかったのだ。

越谷は、恵に電話し、このホテルへと誘い出したのだった。

もう、時間は十一時を回っている。

郁子は、きっと知っているだろう、と思った。夫が何をしているかを。

そして改めて、心を決めたかもしれない。——週末にやるべきことを。

玄関を上って、越谷が居間へ入ると、

「あなた」

と、背後で声がして、一瞬ギクリとさせられた。

「起きてたのか」

越谷は、郁子がナイトガウンをはおって、立っているのを見て、ホッと息をついた。

つい郁子の手を見てしまう。ナイフは握られていなかった。

「電話ぐらい、かけてくれれば……」

「すまん」

と、ソファに座って、「つい、かけそびれたんだ」

郁子は、ドアの所に立って、越谷を眺めていた。

「……何か用か？」

越谷は新聞の株式欄へ目をやりながら、言った。

「あなた」

郁子はドアの傍《そば》へ身を寄せて、「私はいいわ。でも、梨果は難しい年ごろよ」

と、言った。

「何の話だ」

越谷は妻の方を見ずに言った。

「あなたの彼女のことよ」

越谷が何も言わないので、郁子は続けた。

「知ってるわ。恵さん、というんでしょ。まだ二十いくつかだそうね。——あなた」

郁子は、自分の足元へ目をやって、「前の女の人の時だって、ずっと知ってたのよ。でも、何か言って、やめてくれる人じゃないし、黙っていたの。いつか、その内には、と思って……。だけど、梨果は十七よ。大人の関係だからって、もの分り良く見て見ぬふりをしてはくれないわ」

そうか？　梨果の奴だって、何をしてるか分ったもんじゃない。そうだろう。

あの時、喫茶店で誰を待っていたのか。

しかし、越谷は、何も言わなかった。

「——お願い」

と、郁子は言った。「せめて梨果に分らないようにしてちょうだい。日曜日は家にいるとか……。あなた」

疲れたような口調だった。

越谷は黙っていた。――郁子は、

「先に寝ます。おやすみなさい」

と言うと、出て行った。

長いこと、越谷は動かなかった。それから、ゆっくり立ち上ると、上衣のポケットから、金属の箱を取り出す。

小型マイク、ＦＭ発信機、受信機のセットである。会社から、一組持ってきたのだ。

これを……どこへ仕掛けたらいいだろう？

とっくに思い付いていなければならないことだった。郁子の声を、この同じマイクで録る。それを聞いてみれば、あのテープの声が郁子かどうか、見当がつくだろう。

少なくとも、マイクを通した声が、どれくらい変るものか、確かめてみたかったのだ。

「よし……」

越谷は、飾り棚の裏に、マイクを貼りつけた。電話にも近い。誰かと連絡を取り合っていれば、テープに入るだろう。

――二階へ上ると、梨果の部屋のドアの下からは、まだ明りが洩《も》れており、低い音で音楽が流れていた。

早く寝ろよ。そう声をかけようとして、ためらった。もう十七歳なのだ。父親がそんなことを言う年齢ではない。

越谷には、初めて梨果が見知らぬ他人のように感じられた。

どうして、こんな気分になったのだろう？

神山の事件があったせいか。それとも、恵と別れて来たせいか。別れたその日に、郁子から、恵のことを知っているると言われた皮肉に、苦いおかしさがこみ上げて来たせいだろうか。

分らなかった。ともかく、梨果の部屋のドアは固く閉じられて、越谷には決して開けられないような、そんな気がしたのである……。

仕事部屋に入って、越谷はふと息をついた。ひどく疲れたような気がしていた……。

6

「あ、社長」

越谷がオフィスへ入って行くと、角倉純子が、ちょうど書類を手に立っていた。

越谷は、オフィスの中を見回した。——五時のチャイムまで、あと数分である。

「直接お宅へお帰りかと思ってました」

と、角倉純子は言った。

「そのつもりだったんだがな」

越谷は、ちょっと息をついて、「お茶をいれてくれるか」

「はい」

と、角倉純子が答えると、

「私がやります」

と、恵が立ち上った。

角倉純子が面食らったように恵を見る。

越谷は微笑んで、

「そうだな。君、いれてくれ」

と、恵に言った。

「はい」

恵がニッコリ笑って見せて、湯沸室へと足早に歩いて行く。

越谷は、社長室に入って、社長の椅子に身を沈めた。

金曜日である。

郁子は、もう午前中から出かけている。梨果も、友だちの家に泊るとか言って、着がえを詰めたバッグをさげて、学校へ行った。

——金曜日。

郁子は、やって来るのだろうか？　俺を殺しに来るのか。誰とも分らない男と二人で……。

仕掛けたマイクも、結局何の役にも立たなかった。居間で郁子があれこれおしゃべりする機会は、ほとんどなかったのである。

それは越谷自身のせいでもあった。毎日、帰りは遅いし、帰っても、郁子とじっくり話をすることなどない。特にこの前の日曜日からはそうだ。

梨果も、食事がすめば、さっさと自分の部屋へ閉じこもるか、ＴＶを見ているかで、およそ話をしない。

結局、参考になるほど、郁子の声は録音できなかったのである。

「——お待たせしました」

恵が、お茶をいれて来てくれる。

「ありがとう」

と、越谷は言った。「——どうした、辞表は？」

「今日、課長に出しました」

「そうか。じゃ、月曜日に俺の所へ回す気だな」

「よろしくお願いします」

恵がピョコンと頭を下げる。

「おい」

「え？」

「何か、欲しいものがあるか？」

恵は、ちょっと目をパチクリさせていたが、やがて肩をすくめて、

「退職金」

と、言った。

「そりゃ当り前だ」

越谷は笑って、「何か……個人的に贈りたいんだ」

恵は首を振って、

「お気持は嬉しいけど……。でも、結構」

と、言った。「色々、ごちそうにもなったし、遊びに連れてってもらったし。それで充分です」

「しかし……」

「もう、私はただの社員ですもの。退職金さえいただけば」

恵は、爽やかな笑顔を見せて、「じゃ、よろしく」

と、社長室を出て行った。

越谷は、じっと社長の椅子に座って動かなかった。

すると——チャイムが鳴るのが聞こえた。五時の終業だ。

しかし、このチャイムで帰るのは、女子社員だけで、男はみんな残っている。それが当り前と思っているのだ。

当り前……。

当り前か。——「当り前のこと」ができる人間の、何と少ないことだろう。五時になれば帰る。そっちの方が「当り前」なのに。

俺はどうしちまったんだ？　一体何を考えてるんだ。

越谷は、立ち上ると、ドアを開けに行った。

「——角倉君」

と、ドアを開けて呼ぶ。「ちょっと来てくれ」

「はい」

仕事の切りがつかないのだろう。角倉純子の机の上は、まだ片付いておらず、そのために他の女子社員も帰れずにいるのである。

「——社長、何か……」

「入ってくれ」

越谷は、角倉純子を中へ入れると、上衣から、札入れを出した。

「現金はどれくらいあるかな。——十、十二……。十五万か」

一万円札をあるだけ抜くと、「これを君に預ける」

と、角倉純子に渡した。

「は？」

呆気にとられるベテラン女子社員の顔は、越谷にも笑いを誘った。

「たまにゃ、みんなで飯でも食って来てくれ。君に会計を任せる」

「社長——」

「店は相談して決めろ。君より、若い子の方が詳しいかもしれんな」

「あの……今から、ですか？」

「今からだ。もう五時のチャイムが鳴っただろう」

「それはそうですが……」

「男連中も、行きたい奴は連れてけ。家へ帰った方がいい、というのがいれば、帰してやればいい。そう伝えてくれ」

越谷は、社長の椅子に戻った。「戸締りは俺がして帰る。今日は全員、五時で退社するんだ。いいな」

「はあ……」

「業務命令だと言え」

「分りました」

角倉純子は、少し頬を赤らめて、「すてきですね」

と、言った。

まるで少女のように可愛いと思った。嬉しそうな笑顔だ。こんな顔をすることがあったんだな。

「じゃ、お預りします」

と、札を二つにたたむ。

「いいか。千円以上、余らすなよ」

と、越谷は言ってやった。「——ああ、角倉君」

出ようとしていた角倉純子が、振り向いた。

「はい？」

「折原は……戻ってるか？」

「折原さんですか。早退しています」

「何だって？」

「珍しい話ですが、風邪気味だったのを、無理して出て来たようで。午後二時くらいに外回りから戻って来て、帰りました」

「そうか」

――折原は郁子に会いに行ったのだろうか？　それとも、郁子が旅先から戻って来て、どこかで待ち合せるのか。

「角倉君」

越谷は付け加えた。「明日の土曜日は、ここを閉める。全員休みだ。そう言っといてくれ」

角倉純子が唖然とした。

「ですが……」

「休みたくないのか？」

そう訊かれて、

「いいえ！」

あわてて首を振ると、「早速伝えます。留守番電話の応答テープを訂正しておきますわ」

「ああ、急げよ。店を決めるのに手間どってると、満員になるぞ。週末だ」

角倉純子が急いで出て行く。

しばらくの間、オフィスの方に騒ぎが広がり、戸惑いの声と歓声が入りまじって聞こえて来るのを、じっと聞いていた。

明日は休み。そうさ。――どうせ社長が殺されたら、仕事どころじゃないだろう。

越谷は、またお茶を飲み始めた。

「じゃあ、あそこは？　ねえねえ！」

女の子たちが甲高い声で議論している。

ほんの五分ほどでまとまったらしい。ガタガタと椅子の動く音、バタバタとサンダルの音が駆けて行く。

——オフィスが静かになったのは、十分ほど後のことだった。

ゆっくりと立ち上り、社長室を出る。

明りの下、無人の机と椅子がズラッと並んでいる。

あわてて帰り仕度をしたのだろう。椅子がどれも机の中へきちんと納まっていない。

机の上にメガネを出しっ放しというあわて者もいる。

越谷は、不思議に爽やかな気分だった。——こんな気分は、初めてだ。

帰り仕度をして、オフィスの明りを消す。その時、いつものテープを取って来ていないことに気付いた。

しかし、そのまま越谷は明りを消した。

もう、どうでもいいことだ。——この週末で、すべてが分るのだから。

越谷はエレベーターを使わず、階段で一階へと下りて行った。

タクシーを降りて、越谷は戸惑った。

どうしたんだ？　どうして明りが点いてないんだ？

酔ってはいたが、すぐに思い当った。——そうか。郁子はいないんだ。それに、梨果も友だちの家に泊ると言っていた。

誰もいなきゃ、暗くて当り前だ。明るかったら、却《かえ》って怖いぜ。なあ……。

何時だろう？　腕時計を見ると、十二時を少し回っている。

いつもの店で飲んで来た。特に飲みたかったわけではないが、ごく自然に足が向いていたのである。

もちろん、足元が危くなるほど飲んだわけではない。——そうだとも。

女房が俺を殺しに来るかもしれないってのに、酔い潰れたりできるもんか。

俺は全然酔ってなんかいないぞ……。ま、いくらか酔ってるかな。

玄関の鍵をあけるのにも、大分手間どってしまった。ともかく、暗いのでやりにくいのである。

何とか中へ入り、玄関の明りを点けて……。

少しホッとする。——居間へ入って、明りを点け、ダイニングキッチンの明りを点け、浴室の明りも……。

越谷は、やたら明りを点けて回った。

怖いわけじゃない。――誰が怖がるもんか!

郁子と折原が一緒になってかかって来たところで、俺は勝てる。鍛え方が違うんだ。あんな、折原みたいな、生っちょろい奴にやられるもんか……。

――少し落ちついてから考えると、今、真暗なこの家へ、のこのこ入って来たが、もし、中で郁子か折原が待ち受けていたら、たちまちやられていたところだ。

用心しなきゃ……。越谷は少し頭がスッキリした。

まあ、今のところ、まだ来てはいないようだ。――越谷は、どうしたらいいか、考え込んだ。

やって来るとしたら、もっと遅い夜中だろう。当然、越谷は眠っているものと思っているに違いない。

こんなソファに頑張ってちゃ、たとえやって来ても引き上げちまうな。よし。じゃ、や、や、やりやすくしてやろうじゃないか。

越谷は、カーテンを閉めて回ると、台所へ行き、包丁を一本抜いた。

小ぶりで、先の尖《とが》ったやつだ。――こんな物、必要ないんだが、万が一、ってことがある。

それに、こっちが、ちゃんと武器(?)を持っていると分れば、向うもびっくりして逃げて行くかも……。

「そうだ。怖いから持つんじゃないぞ」

誰もいないのに、言いわけがましく呟いてから、越谷は二階へと上って行った。もちろん、下は、玄関の明りだけ点けて、後は真暗にしてある。

二階の部屋も一応見て回ってから、仕事部屋に入る。

当然、奴らはここへ来るはずである。

越谷は、上衣を脱いで、椅子にかけ、ベッドに腰をおろした。

さて……。何をして待っていようか？

梨果のように、深夜ラジオや、ＣＤを聴く趣味もない。こんな時には、困ってしまうのである。

「ま、いい。――雑誌でも読んでるか」

しかし、机の上にのせてあるのは、面白くもない経済誌ばかりだ。こんなものを読んでいては、却って眠くなってしまいそうである。

仕方なく、越谷はベッドに横になった。

大丈夫。――緊張しているのだ。眠ったりはしない。

何しろ、俺を殺しに来るかもしれないんだからな……。越谷は欠伸《あくび》をした。

眠くはなかった。というより、眠い、と感じる前に、本当に眠ってしまったのである。

越谷は、ベッドの上で無意識に手を伸した。

コトン、と音をたてて、包丁が下に落ちた……。

「あなた」

と、呼ぶ声がした。「――あなた」

何だ？　やかましいな。

せっかく人が眠ってるのに。いや、眠ってなんかいない。しっかりと目を覚まして、待ち構えているのに。

待ち構えて……。

「あなた！　起きて！」

揺さぶられて、越谷はハッと目を覚ました。そして自分を見下ろしている、郁子の顔を見た。

来たのか！　俺を殺しに――。越谷はパッと起き上ったが……。あの包丁がない。

「あなた、梨果が――」

「おい！　どこへ行った？」

と、越谷はキョロキョロと周りを見回して……。

おかしいな、と思った。郁子は確かにここにいる。

だが——どうして刃物も何も持ってないんだ？

大体、眠ってるところを刺せばいいのに、どうしていちいち起したりするんだ？

「あなた！　梨果が大変なのよ」

梨果？　どうして梨果が出て来るんだ、こんな所に？

「どうしたっていうんだ？」

やっと少し頭がはっきりして、越谷は、妻が自分を殺しに来たわけでないことを、悟ったのだった。

「ホテルからね、梨果が泊ってるはずのお友だちのお宅へ電話したの。ちょうどそこのお母様に連絡することもあったから」

と、郁子が言った。「そしたら、梨果、泊ってないっていうのよ」

「——そうか」

越谷は、まだ少しぼんやりしている。「じゃ、誰か他の友だちの所に？」

「そのお友だちに、お母様が訊いて下さったの。そしたら……」

郁子は青くなっていた。「泊ったことにしてくれって頼まれてたんですって。梨果、こっそり男の人と……」

頭上に雷でも落ちたようだった。

「何だって？」

「梨果、大分前から、誰か男の人と付合ってたみたいなの。で、今度の週末に、二人で旅行することになってた、って……」

「何てことだ！」

越谷は唖然とした。「で、何て奴なんだ、相手は？　どこにいるんだ？」

「それが分らないの。そのお友だちも、梨果から詳しいことは聞いてないんですって」

「しかし……」

「怒らないから、正直に話してくれ、って頼んだわ。でも、本当に知らないようなの。どうしたらいいかしら？」

越谷は、思ってもみない出来事に、面食らって、どう考えていいか、分らなかった。

「それで、お前……」

「タクシーで帰って来たの。ホテルから電話したけど、あなた、いなかったから……。どこかに——泊ったのかと思って」

郁子が、少しためらってから、そう言った。

「郁子」

と、越谷は立ち上った。「恵とはもう終ったんだ。本当だ。恵は会社を辞める」

「あなた……」

「そんなことより、梨果だ！　畜生！　どうして気が付かなかったんだ？」

「無理よ。ずっと見張ってるわけにいかないんだし。——他のお友だちにも当ってみたけど、梨果、誰にも内緒にしてたみたい」

越谷は、時計に目をやった。

「もう……三時か」

「ええ」

「じゃあ……。もし……もし、梨果の奴が、初めてその男と……一緒に泊ったんだとしたら……」

「もう手遅れね」

と、郁子は、肩を落とした。「何てことかしら……」

越谷も、今の高校生が、異性との関係では大いに「進んで」いることを知っている。しかし、まさか自分の娘が、高校生の内に、男と泊りに行くとは、思ってもいなかったのである。

怒りも、まだ湧いて来ない。まさか、という気持が、半分は残っているのだ。

「どうする、あなた?」

「うん……。ともかく帰りを待つしかないだろう」

と、越谷は言った。

「そうね」

郁子は、ため息をついて、「子供だと思ってたのに……」

「うん」

「お茶でもいれるわ」

郁子が仕事部屋を出て行った。

――こんなことが起ろうとは！

越谷は、あまりに思いがけない成り行きに、呆然としている、というのが正直なところだった。

あの「殺人計画」はどうなったんだろう？

足に何かが触れた。――拾い上げたのは、あの包丁である。

今となっては、こんな物を持って下に降りてはいけないし……。仕方なく、越谷は机の引出しに入れておくことにした。

引出しの中に、ＦＭの受信機がある。

ふと、越谷は思い付いた。もしかして……。いや、そんなうまい具合に行くはずがない。

しかし……。

下の居間に取り付けたマイクからの音を録っていたテープを取り出すと、ウォークマンに入れ、回した。

イヤホンを耳に当てていると、郁子がクリーニング屋へ連絡している電話の声、タクシーを呼んでいる声などが入っている。

やはりだめか……。じっと耳を澄ました。

何か――ほんのちょっとした手掛りでもいいのだ。

すると、電話の鳴っている音が、イヤホンから聞こえて来た。今日だぞ、これは。どこからかかって来たのだろう？

「――はい」

電話に出たのは、梨果の声だ！　一日学校から戻っていたのか。

「あら、私。――ええ。――予定通りね。私は大丈夫。――え？――そんなことないわよ。――ええ。それじゃ、時間通りに。――ね、待って」

少し間が空いた。越谷は必死でイヤホンを耳に押し当てた。

「――念のために、ホテルの電話、教えて。――ええ、メモするわ。大丈夫。――え？――分ったわ。ええと……」

梨果が、その番号をくり返す。越谷は夢中で机の上のメモを探っていた。

「ここだ」

車を停めて、越谷はホテルの建物を見上げた。

「間違いないの？」

と、郁子は言った。

「ああ。──車はここへ停めとこう」

二人は、車を降りて、ホテルの玄関へと歩いて行った。

明け方から車を走らせて、この湖畔のホテルへ着いたのは、朝の八時近かった。

もうロビーには人が出て、コーヒーハウスにも、朝食をとっている客が見える。

ロビーへ入った二人は、足を止めた。

「あなた」

と、郁子が言った。「どうしてここだと分ったの？」

「訊くな。今は梨果のことが先だ」

越谷は、ロビーを見回した。「しかし……どこに泊ってるかは分らないな。相手の名前が分らないんじゃ」

「そうね……。あなた」

と、郁子は言った。

「何だ？」

「どうする気？　もし、見付けたら」

「そりゃあ……。引きずってでも連れて帰る。相手の男は腕の一本ぐらい、へし折ってやらなきゃな」

郁子は首を振った。

「それで、解決する？」

「おい、お前は――」

「親のしていることを、子供がしたからって怒れる？　少なくとも、あの子は納得しないわ」

「それとこれとは――」

「別じゃないわよ。私だって……。もしかしたら、誰かと浮気していたかもしれない」

「おい――」

「もしかしたら、よ」

郁子は、ちょっと寂しげに笑った。「こんな私のこと、相手にしてくれる人はいなかったわ。でも、もし現われてたら……。白馬に乗った王子様でなくてもね、きっと心が動いていたわ、少しやさしくされただけでも」

「俺はまあ……勝手だったかもしれんが……」

と、口ごもる。

「ねえ、あなた。私たちは幸運だったのかもしれないわ。あなたを失って、私が落ち込んでた時に、誰も現われなかったことがね」

郁子は、夫を見て、「神山さんのようになることだって、なかったとは言えないでしょう?」

越谷は、じっと前方を見つめていた。

「そうかもしれないな……」

梨果がやって来る。

男と腕を組んで、笑っている。それは屈託のない、子供の笑いで、同時にどこか「女」を感じさせる笑いだった。

「あなた、あれ……」

「あいつ!」

折原は、越谷たちを見付けて、足を止めた。

そうか……。会社の近くの喫茶店に梨果がいたのは、折原と会うことになっていたからなのだ。

越谷たちが歩み寄って行くと、梨果が折原の前に立ちはだかった。

「お父さん。殴るなら私を殴って」

梨果は燃えるような目で、父親を見つめていた。「私の方から、こうしたい、って言ったんだから。嘘じゃないのよ」

梨果の目に涙が光っているのを見て、越谷は体が震えた。——いつの間に、こいつはこんなに大人になったんだ？

隠していた。嘘をついていた。——殴ってやることも、怒鳴ってやることもできる。

しかし——俺のしたことはどうだろう？

盗聴……。それが、梨果のしたことよりましだなどと言えるだろうか？

必死で恋人を守ろうとしている十七歳の娘の前で、越谷は、ひどく惨めな気分になっていた。

「社長」

と、折原が言った。「お嬢さんを叱らないで下さい。——お宅へ伺ってから、何度か外で会っている内に……。お話ししようと何度も思ったんですが——」

「おい」

と、越谷は遮って、二人の顔を交互に眺めた。「ずっと車を飛ばして来たんだ。——腹が減った。どうせお前らも腹が減ってるんだろ。四人で朝飯にしよう」

梨果が、ホッと息を吐き出した。同時に、目にたまった涙が、頬を落ちて行った。

越谷は折原へ言った。

「お前が払えよ」

7

「何事だ？」

越谷は、月曜日、会社のビルの前まで来て、車を降りると、目を丸くした。

「あら、社長」

恵が、事務服姿で、その人だかりを眺めていた。

「何かあったのか、また？」

パトカーが何台か停っているのを見て、越谷は訊いた。

「人殺しですって」

「人殺し？——どこで？」

「うちのビルのすぐ裏のマンションですよ。ほら、ロッカー室の窓から見える」

「ああ。誰が殺されたんだ？」

「ご主人が奥さんと、その恋人を殺したんですって。挙句に自分も刃物で手首を切って重態。さっき救急車で運ばれて行きましたよ」

「女房と恋人を？」

「ええ。それがね——」

と、恵は少し声を低くして、「奥さんと恋人が、ご主人を殺す相談をしてたんですって。それを知って、ご主人が逆に」

越谷は、布に覆われて運ばれて来る二つの遺体を目で追った。

「──ご主人が怪しんでて、留守の間、部屋に隠しマイクを仕掛けて、二人の話を聞いちゃったんですって。二人の方は、まさか筒抜けなんて思わないから、正体なく眠ってるはずのご主人を殺しに来て……。逆にやられちゃったって。──あのお巡りさんから聞いたんですよ」

恵が手を振って見せると、若い警官が真赤になっている。

──そうか。

FMの電波を、こっちの機械が拾ってしまった。そしてあのテープに入ってしまっていたのだ。

なぜわざわざロッカー室なんかで、と疑問に思っていたことも、説明がつく。

何てことだ！　俺はそれをてっきり郁子と恋人の会話だと思って……。

「何がおかしいんですか？」

と、恵がにらんでいるのに気付いて、越谷はあわてて真顔になった。

「いや、別に……」

「可哀《かわい》そうだわ。──神山さんに続いて、すぐお隣で、こんなことがあるなんてね」

と、恵は、首を振った。

「全くだな」

越谷は、恵と一緒にビルへと入って行った。

――分ってしまえば、単純なことだ。しかし、あれだけ頭を悩ませたのは……。

そうなのだ。自分自身のやましさを、あの「声」に映していたに過ぎない。

マイクは外そう。テープも、機械も、全部捨ててしまおう。

もし、あれを誰かが見付けていたらどうなっただろう？　越谷を信用する社員は一人もいなくなっただろう。たとえ、何を言っても、越谷の言葉は、信じられなくなっていたに違いない。

「金曜日はごちそうさま」

エレベーターを待っている時、恵が言った。「きっと雪が降る、ってみんなが言ってましたよ」

「そうか」

「どうしてあんなことをしたの？」

恵の質問に、ちょっと考えてから答えた。

「最後に一度くらい、いいことをしておきたかったのさ」

「最後に、って……」

恵は当惑して、「まさか……どこか悪いの？　ねえ？」

本気で心配してくれる恵の眼差《まなざ》しに、越谷は少し胸が熱くなった。

「何でもないんだ。ちょっとした誤解でね」

「なあんだ。びっくりさせて！」

と、肘でつつく。「——ね、教えてあげましょうか」

「何を？」

エレベーターが、ゴトゴトと上り始める。

「角倉純子さん、恋愛中なんですって」

「本当かい？」

「金曜日の夜にね、食事の後で、女の人だけで飲みに行って、聞いちゃった。相手は総務の相沢さん」

「そうか……。知らなかったな」

「でも、デートの待ち合せが、いつもこのビルの前なんですって。角倉さんらしい、ってみんなで笑ったの」

角倉純子か……。テープを入れに来た時、ここへ上って来たのは、彼女だったのかもしれない。

あんなベテラン社員の声も俺には分らないのか。——越谷は首を振った。

「ね、何かあったの？」

と、エレベーターを降りて、恵が言った。「凄《すご》く明るい顔してる」

「そうか？　若い恋人ができたせいかな」

「ええ？　ちょっと！――ねえ、本当に？」

越谷は笑ってオフィスのドアを開けると、社長室へと大股に歩いて行った。

そして社長室の中へ入ると――ドアを閉めずに開け放したままにしておいた……。

誇り高き週末

1

「何とかしなきゃ」

——長い沈黙の後に発せられたその一言は、何だか時期遅れに返って来たこだまのようで、ひどく間が抜けて聞こえた。

それでも誰も笑わなかったのは、発言した人間に敬意を表してのことだったのだろう。それに、この食事の支払いを持ってくれるのが、その発言の主だということも、分っていたのである。

「——それが問題ですね」

また少し、間の抜けた感じで肯《うなず》いたのは、いつも笑顔のお面でもつけているような、畑弓子だった。夫の畑岐也《みちや》は隣の妻の言葉など耳にも入らない様子で、さっきからウイスキーを飲み続けている。

弓子は、自分の発言が何の反応もひき起さないので、少しきまりが悪そうにして、目の前の小皿にとった中華料理を食べ始めた。

「そうよ」

と、畑杵代《きねよ》は集まった顔を見わたしながら、また口を開いた。「兄さんが馬鹿げたまねをするのを、何とかしてやめさせなくちゃね」

分り切った話である。そのために、ここに集まっているのだ。

まあ、大体そんなものさ、年寄りってのは。――弁護士をしている中神勇二は、心の中でそう呟《つぶや》いた。

同じこと、分り切ったことを何度もくり返すようになると、もう人間、としってことだ。――なあ和江。

隣の妻の方へ目をやると、和江はウトウトと居眠りしているところだった。呑気《のんき》なもんだよ、全く。

「しかし、何かうまい手がありますか」

と、中神は言った。「何といっても、柳原さんはまだしっかりしたものです。七十歳といえば、今じゃ働き盛りだし、実際に世界中飛び回って平然としておられるんですからね」

「そこを何か考えるのよ」

と、畑杵代が顔をしかめる。「あなた弁護士でしょ」

「ええ。しかし――何か企《たくら》むのは得意な方じゃありませんのでね」

と、中神は冗談めかして言った。

妻の和江がガクッと前へつんのめりそうになって目を覚まし、

「あら、もう帰ったの、あなた？」

と、夫に向ってトンチンカンな言葉を投げかけたので、畑弓子が思わず笑ってしまった。

「——あ、いけない。眠っちゃったのね」

和江はポッと頬を染めた。

よくもまあ、こうおっとり育ったもんだ。

中神は改めて妻の方を眺めた。中神は三十八歳、和江は三十五歳だが、色白でポッチャリ顔の和江は、セーラー服だって着られそうなほど「幼く」見える。

実際、中身の方も相当に幼いのである。

「和江、しっかりしなさい」

と、畑杵代がにらんでも、和江には一向に応えない。

「はい。でも、お母様、伯父様がどうしても結婚なさりたいのなら、仕方ないんじゃないの？」

和江は至ってアッサリとまともな考えを口に出した。

座がシラッとして、素早く見交わす目と目——。

「でも、和江さん」

と、畑弓子が言った。「柳原さんのためでもあるのよ。だって、どう見ても財産目当ての結婚に違いないんだもの。柳原さん、お気の毒じゃないの、騙《だま》されてるなんて」

「でも……当人が良けりゃ、それでいいんじゃない？」

と、和江は相変らずまともな発言をしている。「それに、伯父様は騙されたりなさる方じゃないと思うわ」

そう。――その通り。

中神だって分っているのだ。「財産目当て」なのは、ここにいる連中の方なのだってことが……。

要するに――べらぼうな財産を代々相続して来ている柳原家の当主、柳原一馬は今年七十歳。独身で子供もないので、一馬に万一のことがあると、その財産は実の妹、畑杵代とその二人の子供――畑岐也と和江の所へ転がり込んで来ることになる。

畑杵代は未亡人で六十五歳。息子の岐也は三十九、娘の和江は三十五歳で、中神と結婚している。

柳原一馬は、事業家であり、今も世界中を飛び回って、若者そこのけのエネルギーで働いている。――当分、柳原が引退したり、あの世へ旅立つ気配はない。

ところが――三か月前、柳原一馬は妹の杵代に、びっくりするような話を持って来たのだ。

「俺は再婚する」

これは爆弾みたいなものだった。

再婚というのは、柳原一馬が若いころ一度、結婚していたことがあるからで、その妻は結婚後一年して、病気で亡くなってしまった。それ以来柳原は独身を通して来たわけだが……。

話を聞いて、杵代が仰天した。しかも、その結婚相手というのが、二十八歳！

柳原の、あの元気の良さからすると、これから子供だって生れそうである。そうなると杵代や、その息子、娘の許《もと》へは財産などやって来ないことになる。

――畑杵代、息子の畑岐也と妻の弓子、中神勇二と和江の五人で、こうして中華料理の店の一室で、「どうしたものか」と話し合っているのは、こんな事情によるのである。

もちろん、杵代にしろ畑岐也にしろ中神にしろ、一向に金に不自由していないというのなら話は別だが、まあ――世の中には、「お金なんてもう沢山」という人間は至って少ない。

「この週末が最後の機会」

と、杵代は言った。「もう来週になると、兄さんの再婚話はマスコミにも流れるわ。そうなれば、もう止めるわけにはいかなくなる」

「週末、どこだかで披露して下さるって話じゃなかったんですか」

と、中神が言った。「その花嫁を」

「そうなのよ」

杵代は肯いて、「あの山荘でね」

それまで黙ってウイスキーを飲むばかりだった畑岐也が、グラスを持ち上げた手をピタリと止めた。

「あの山荘って……。母さん、そいつはまさか……」

「そうよ。もう四十年近くたったでしょうね」

「——こりゃ驚いた！」

畑岐也は赤い顔をして目をパチクリさせながら、「伯父さんは本気だぜ」

「だから困ってるんでしょ。みんな、この週末は空けておいてね」

と、杵代が四人の顔を見回す。

和江が、チラッと夫の方へ目をやって何か言いたそうにしたが、結局、黙っていた。

「——でも、何か考えはあるの？」

と、岐也が母親に訊《き》いた。

「あるわ」

杵代は肯いた。「少しお金はかかるけど……。何としても、兄さんの気持を変えなくちゃね」

「用心が必要ですよ」

と、中神が言った。「もし、我々が何か小細工をして失敗したら……。それを知ったら、柳原さんは怒り狂うでしょうからね」

「分ってるわよ」

と、杵代は言って、ちょっと笑った。

杵代はやせこけて見えるので、笑っても単にしわの数がふえるだけなのだが。

「ともかく法に触れない範囲でないと」

と、中神は用心深く念を押した。

「あの山荘、住めるようにするだけで、何億もかかるぜ」

と、畑岐也が独り言を言った。

「今、工事中らしいわよ、大々的に」

と、杵代が言った。「あそこに新婚生活の愛の巣を作ろうってことのようね」

「やれやれ」

と、岐也は欠伸《あくび》をした。

「何なの、その山荘って？」

と、弓子が夫に訊く。

「伯父さんが、初めの女房を亡くした所だ。それ以来、閉めたきりになっていたんだよ」

「まあ……」

「そこへ我々が行くわけですね」

と、中神が言った。

「そう」

杵代は、少し気をもたせる間を置いて、「プラス一名ね」

と、言った。

他の四人が、黙って顔を見合せた……。


「——あなた」

と、畑弓子は言った。「あなた。——眠ってるの?」

「眠ってる」

と、畑岐也は呻《うめ》くような声で言った。

「何よ、起きてるじゃないの」

タクシーは夜の道を走っていた。——昼間、いつも渋滞しているのと同じ道とは思えないくらい、ガラ空きだ。

ガラ空きね。――弓子はちょっと苦い笑みを浮かべた。

私たちの家みたいだわ。ガラ空きで。

「何か用か？」

と、夫が言った。「用がなきゃ、眠らせてくれ」

用がなきゃ、声なんかかけやしないわよ、亭主なんかに。

「お義母様《かあ》のおっしゃってた、『もう一人』って、誰？」

「そんなこと言ったか？」

「何よ、酔っ払って」

「お袋の恋人かもな」

と、言って畑岐也は笑った。

「冗談はやめて。心当り、ないの？」

畑は、座席に座り直して、欠伸をした。

「お袋の考えてることなんて、俺には分らんよ」

「頼りない人ね」

弓子は、窓の外へ目をやった。

秋の長雨が、もう三日、続いている。気の滅入《めい》るような夜だった。

「――週末は、晴れるかしら」

「うん？　ああ……。どうかな」

「あなた」

「何だ」

「分ってるわね」

畑は、弓子の方へやっと顔を向けた。

「——何が？」

「少しは聞く気になった？」

と、弓子は唇を歪《ゆが》めて笑った。

「その笑い方はよせよ。疲れる」

と、畑が眉を寄せて言った。

「こっちよ、疲れるのは。——あなたは酔ってりゃすむ。銀行の人の相手をするのはこっちよ」

畑は、顔をそむけた。

「聞きたくないのね。結構よ。でも、借金は消えやしないわ」

「よせ。——こんな所で」

「じゃ、どこでなら？　家へ帰ったら、おやすみも言わずにベッドへ潜り込むくせに」

「分った分った……」

畑も、逃げられないことぐらい承知である。何も初めから借金を作るつもりで事業に手を出したわけではない。

しかし、貸した側にとって、借りた人間の「つもり」なんかには興味がないのである。要は返してもらうこと。それだけだ。

「頼りは、お義母様と伯父様だけなんだから」

「お袋は金なんか持ってないよ」

と、畑は首を振った。「分るだろ？　昔みたいに、利子と配当で食ってける世の中じゃないんだ」

「うちよりはましでしょ。少なくとも、家のローンは残ってないし、担保にするものもある」

「しかし、貸しちゃくれない。何しろケチだからな。今日の中華だって――」

「ごちそうになって、何を言ってるのよ」

と、弓子は遮った。「お義母様に協力するのよ」

「ああ、そりゃまあ……。うまい手があればね」

「お義母様は何か考えてるのよ。それを訊き出して」

畑は目をパチクリさせた。

「俺が？」

「実の息子にできなきゃ、誰にできるの？」

弓子の言葉は、畑の抗議を封じるに充分の迫力を持っていた。

「――ねえ」

と、弓子が続けて、「途中、どこかでケーキでも買って帰りましょ。リカが一人でお留守番してるんだから」

リカは一人娘である。今、十四歳の中学生。そろそろ親の言うことにも素直にウンとは言わなくなって来る年ごろだ。

「そうしよう。どこか店は開いてるか？」

「遅くまで開いてる店があるの。――ね、そこ、右へ曲って」

弓子が「母親」であることを忘れていないと知って、畑岐也は少しホッとした気分だった……。

「早苗っていったわ」

と、中神和江が言った。

「――何だ？」

ハンドルを握っている中神勇二は、面食らって、妻の方へチラッと目をやった。

もちろんすぐ前方へ視線を戻したのだが。何しろ、高速道路を走っているのだから。

「亡くなった奥さんの名前」

「亡くなった？——誰が亡くなったんだ？」

「いやねえ。話を聞いてなかったの？」

和江にこう言われて、中神は少々ショックだった。

「お前の言うのは……」

「ほら、伯父さんの、初めの奥さん」

「ああ。——分ったよ。山荘とかで亡くなったという……」

「そうそう。さっき言ってたでしょ、母が」

「突然、受験の話から、伯父さんの死んだかみさんの名前を言われても、分るもんか」

「そうねえ……」

と、和江は肯いた。「でも……どうして急に思い出したんだろう？」

「知るか」

と、中神は苦笑した。

「ああ！　分ったわ」

と、和江は両手をポンと打って、「ほら、洋子の受験の話をしてたでしょ。で、大学受験は何とかしないですむようにしたい、って……。『大学』というので、早稲田大学を思い出したの。で、早苗って名がポンと出て来たのよ」

「一体どうなってんだ、お前の頭の中は」

と、中神は笑った。

「それより、あなた。どうして母に言わなかったの？」

「何を？」

「週末よ。洋子の学校の父母会よ」

「ああ、分ってる」

「休むの？」

「仕方あるまい。——柳原さんの命令は絶対だ」

「でも……。洋子は来年中学受験よ。この時期の父母会は大切だわ」

中神は、ため息をついた。——一人娘のこととなると、中神も弱い。

「分った。行くよ」

「ええ。早めにすめば、一緒に行けるわよ」

和江は少しホッとした様子で、前方に目をやった。

中神は、

「中学で私立を受けるのなら……」

「何？」

「自分のオフィスがほしいもんだ。共同でなくてな」

「そんな……。どこにそんなお金があるの？」

和江の言い方は、子供のように単純な質問で、少しもとげがない。そこが和江らしいところなのである。

「だからさ」

中神は、和江の方へ目をやった。「今度の週末が勝負だと思うんだ」

「週末って？　その山荘でのこと？」

「そうさ」

「あなた……。母の言うこと、まともに信じてるの？」

和江は首を振って、「母が何を考えてるのか知らないけど、伯父にはかなわないわよ」

「同感だ」

中神は肯いて、「しかし、君のお袋さんはそう思ってない」

「困ったもんだわ」

「それに、君の兄さんたちも」

「兄さんと弓子さん？」

「うん。あちらは君のお母さんについて行く気だぜ」

「そうでしょうね、きっと……」

「すると、どうなる？――その何だか分らん企みが、成功すればよし。失敗したら、柳原さんはカンカンに怒るだろう」

「財産どころじゃなくなるわよ」

「そこだ」

車は、高速から下りて、赤信号で停《とま》った。

「――俺たちは、柳原さんの味方になる」

和江は、ポカンとして夫を見ていた。

「分らないわ……」

「柳原さんと、二十八の花嫁の結婚を、君の母さんたちは何とかやめさせようとしてる。俺たちは、逆に柳原さんの味方をするんだ」

「じゃあ……」

「柳原さんがこっちを気に入ってくれたら……。どう思う？」

和江は肯いた。

「そうね」

と、くり返し肯いて、「その方がまだ、勝ちめがあると思うわ」

「そうだろう？」

車が再び走り出す。

「――あら、いけない」

と、和江は言った。

「どうした？」

「洋子に夕食を買って来るの、忘れちゃったわ」

「自分で何とかしてるさ。もうこんな時間だぞ」

「そうね」

すぐ納得して安心するのが、和江の一番のとりえだった。——車が家へ近付いたころ、和江はスヤスヤと眠り込んでしまっていた……。

2

眠りの奥底で、何やら雑音が波立ち始めていた。

トントントン……。ブルルル……。

ドカドカという靴音。ウィーン、というモーターの音。

何やら人の叫ぶ声もした。男の声。それも二人や三人じゃない。

一体何が始まったんだろう？

眠りから覚めるより早く、彼女はそう考えているようだった。——何かしら、一体？

「ぐずぐずするな！」

と、怒鳴る声。「もう時間がないんだぞ！」

あの人じゃないわ、と彼女は思った。

あの人は、あんな口のきき方をしない。もっと紳士だわ。

「こっちだ！　その窓は違う！」

——誰か工事の人が入ってるのね、と彼女は思った。

いつまでたっても、あそこをこうして、ここはこうして……。いつになったら終るのかしら？

でも、この山荘は広いんだもの、仕方ないかもしれない。確かに快適で、広々としていて、空気もいい。

ちょっと、町まで遠いのは残念だけど、環境と便利さは、両立しないものだ。それに、夜は静かで、よく眠れるし……。

本当に。ずいぶんよく眠ったような気がするわ。

彼女はゆっくりと目を開いた。

薄暗い。——寝室だから、あんまり明るくても困るけど、でも、この暗さは……。

何だか、妙な気配だった。寝室は、ただ暗いだけでなく、いやに湿っぽく、古びて見えたのだ。

こんなことって……。でも、錯覚でもないみたい。

彼女は、マントルピースの上の大理石の時計を見やった。――止っている。ネジを巻くのを忘れたのかしら？

だめね。今の若い子は。もちろん、私だって若いけど、もしこんな所で働くことになったら、決して手は抜かないわ。

ベッドから出て、丸テーブルの上に埃《ほこり》が白く積っているのを見て、面食らった。――何てこと！　こんな状態で、いつから放ってあるんだろう？

廊下をドタバタと足音が通って行く。

ドアの前で、足音が止った。

「ここは？」

と、男の声。

「何かな。――鍵、あるか？」

「開けてみるか」

ちょっと！　やめてよ！　レディの寝室に勝手に入るなんて！

「中にいるわよ！」

と、彼女は大声で言ってやった。

「――待て」

と、誰かがやって来たらしい。「ここはいいんだ」

「開けないんですか？」

「手をつけるな、ってことだ。この部屋だけは」

そうよ！　冗談じゃない。

足音が行ってしまうと、ホッとしたが……。

でも、掃除はしてほしいわね。この埃じゃ、体に悪いわ。

それにしても……。どうなってるんだろう？

確かに気分がおかしかった。少し頭がクラクラするし、足もとが少々覚つかない感じだ。

この服……。こんなワンピースを着て寝てたのかしら、私？

あの人、どこにいるんだろう？

私をこんな所に放って行って。いくら忙しいからって、これはないわ。

彼女は、ともかく寝室を出ようとした。

ドアを開けて——と思うと、廊下へ出てしまっている。首をかしげた。

ドアを開けなかったようだけど……。でも、ドアを開けずに外へ出られるわけもないし。——どうなってるんだろう？

人の声がする。そう、あっちは確か階段で、下へ降りると広い玄関ホールがあって……。

あの人、いるかしら？　目が覚めたら、メモがあって〈ニューヨークへ行って来る〉なんて……。そんなことを、いつもやってる人だけど。

階段の方へと歩いて行く。

ともかく広すぎるんだわ、この家は。もう少し狭くてもいい。ぜいたくな苦情かもしれないけれども。

玄関のホールは二階まで吹き抜けになっている。階段の手前まで来て、ホールを見下ろした彼女は目を丸くした。

まるで別の家のように、真新しい大理石が敷かれて、光が一杯に射《さ》し込んでいるのだ。

この山荘は、もともとが古い建物を改装したものなので、ともかく全体に薄暗かった。それが――玄関のドアの上に、大きな明り採りの窓ができて、見違えるように華やかなホールになっている。

「すてきだわ！」

と、思わず呟いた。「あの人――分っててくれたんだわ」

そう。忙しい、忙しいと言って飛び回っているので、ろくにゆっくりと話もできないのが不満だったが、分っていてくれたのだ。

嬉《うれ》しかった。あの人が戻ったら、思い切り抱きついて、キスしてあげよう。目を丸くするかもしれない。

私だって、大胆なところがあるんだわ。あの人は、おとなしいだけのお嬢さんだと思っているかもしれないけど……。

ドアが開いて、可愛《かわい》いドレッサーが運び込まれて来た。

あんなもの買ったのかしら?——ちょっと派手すぎるわね。

私の趣味じゃないわ。あの人、分ってないんだから……。

すると——。足音がして、振り向いた彼女は啞然《あぜん》とした。

作業服の男が三人がかりで、古い机を運んで来たのだ。確か、二階のあの人の仕事部屋にあったものだ。運び出すのかしら?

しかし、彼女がびっくりしたのは、その机を見たからではない。それが真直《まっす》ぐ自分の立っている場所へと向って来たからである。

危い! ぶつかるじゃないの! 前をちゃんと見てよ!

言葉が口から出なかった。それほど、アッという間の出来事だったのだ。

机は目の前に迫って来て——そしてスッと通り抜けて、行ってしまった。

しばし、彼女は呆然《ぼうぜん》と突っ立っていた。

その間に、男たちは、階段から机を運び下ろして行く。

「重いぜ、全く」

「ああ。古いもんだから、木が重いんだ。しかし、どっしりして、頼りになる」

「使う方はいいけどさ、運ぶ方の身にもなってほしいよな」

と、口々にしゃべっている。

「おい、ぶつけるなよ、そこ」

「——大丈夫。この机、どうするんだ？」

「さあ……。売っても相当なもんだろう」

「ぐっと可愛いな、新しい家具は」

と、男の一人が、ホールに置かれたドレッサーを見て言った。

「ああ。聞いたか？　新しい女房は二十八だってよ」

「二十八か。——ここの主人は——」

「もう七十だぜ、確か」

「七十！——孫だな」

「金持ってのは、どんな若い女でも手に入るのさ」

「元気があるのか？」

「知らねえよ」

　笑いながら、三人は机を運び出して行く。

　——彼女は、ホールを見下ろす手すりから、身をのり出すようにして、男たちの話を聞いていた。

二十八……。私も二十八歳よ。

でも……。でも——あの人たちが話していたのは……。

突然、思い出した。事情を、のみ込んだ。

分ったのだ。——思わずふらついて、早苗は両手で顔を覆った。

そうだった。私は死んだのだ。永遠の眠りに、ついたはずだった。

そう……。今、私は幽霊になっているんだわ！


外は秋だった。

爽やかな青空が高く広がって、風がわたっている。

早苗は、庭へ出た。——庭も、あれこれと手を入れるのだろう。あちこちに石やら植木やらが積み上げてある。

しかし、実際の工事はまだこれからのようで、庭そのものは昔とほとんど変っていなかった。

ただ、どうしても荒れ果てた感じはあって、あちこちに雑草がのびている。これでも、きっと相当にきれいにしたのに違いない。

何といっても……四十年もたっているのだから。

早苗は、生きていたころ、よく歩いた小径《こみち》を辿《たど》って行った。——生きていたころ、なんて自分で考えるのは奇妙な感じだったが、やっと今の状況を受け容《い》れるような気持になりつつあったのだ。

庭も相当な広さで——たぶん、山荘そのものと同じくらいの広さはあるだろう。早苗の好みで、よくヨーロッパの映画に出て来た、フランス風の庭園にしてもらったのだ。若かった柳原は、「こんなのが面白いのかい？」と呆《あき》れているようだったが……。

今度は、ずいぶん違うイメージの庭になるのだろうか。新しい妻の好みに合せて。

——山荘の中を見て回り、あちこちで働いている人たちの話を小耳に挟んで、早苗も大分事情を分って来ていた。

柳原が再婚する。七十歳になって、二十八歳の女性と。

確かに、周囲はびっくりするだろう。しかし、一つ嬉しかったのは、この四十年、柳原がずっと独身で来たらしいことだ。

この山荘を、閉めたままにしておいたのも、きっと早苗のことが忘れられなかったからだろう。

柳原もやがてやって来る。——見るのが怖いようでもあったし、こっちがいくら呼びかけても、気付いてくれないのでは、辛《つら》いようでもある。いっそ、その前にどこか遠くへ姿を消してしまおうか……。

「消えるも何も……。どうせあなたは幽霊なのよ」

うか。

と、呟いて笑う。

どうせなら、ずっと眠ったままでいたかったのに……。また、眠れる日は来るのだろうか。

小径は、生垣の間へ入って、ぐるりと曲っている。

そう。その先を曲ったところにベンチがあって……。あの人と月の夜に並んで腰をおろしたものだわ。

あの人はとても逞《たくま》しくて、抱きしめられると本当に息が苦しくなった。それをあの人、私が興奮してるんだと勘違いして……。

早苗はちょっと笑った。そして角を曲ったが――。

「あら」

ベンチに誰かが座っていた。男だ。見たことのない……。でも当り前か。どう見ても三十歳ぐらいでしかない。私が死んでから生れた人なんだから。

少し細身の、上等なスーツを着ている。こうして見ると、背広の型って、そう変ってもいないようだわ。ズボンが細くなってはいるけど。

よく陽焼《ひや》けした、端整な顔立ちである。こんな所で何をしているんだろう？　工事の人とも思えないが。

そうか。――もしかすると、庭の設計を頼まれた人なのかもしれないわ。

そして——その男が、フッと目を開いた。

「何だ……。眠っちまったか」

と、呟くと、息をついて、欠伸をした。

早苗は、ちょっと笑った。その欠伸のしかたが、いかにも気持良さそうだったからだ。

ところが——。その男は、早苗の笑い声を聞いたかのように、パッと振り向いたのである。

早苗はびっくりした。こんなことが？

しかし、どう見ても、その男は早苗を見ていたのだ。

「こりゃ失礼しました」

男はパッと立ち上りさえしたのである。

早苗は後ろを向いた。誰かが立っているのかと思ったのである。しかし、他には誰もいない……。

「ええと……柳原さんの……」

と、男が言いかけて、少しためらってから、「奥様でいらっしゃいますね」

呆気《あっけ》にとられながら、早苗は、黙って肯いた。——どうなってるんだろう？

「武藤と申します。武藤茂幸です」

「よろしく」

と、早苗は言ってみた。聞こえているだろうか？

「こちらこそ」

聞こえたのだ！　これは一体——。

「畑杵代さんの秘書をつとめています」

と、その武藤という男は言った。「まだなりたてですが」

「畑杵代……。ああ、杵代さんね」

夫の妹だ。そういえば、畑という男と結婚したのだった。つい最近。——いや、四十年前の「つい最近」だから、ずいぶん昔のことになる。

「この週末をここでみなさん集まって過されるということで、一足先に様子を見に来たんです。——しかし、すばらしい山荘ですね。お話はうかがっていましたが、実際に見ると信じられないようだ」

「そうですか」

「ああ、申し遅れましたが、この度はおめでとうございます」

「え？」

「いや、人生八十何年の時代です。七十歳でも、柳原一馬さんほどの方なら、青年も同じですよ。しかし……」

と、武藤は早苗の格好をチラッと眺めて、「クラシックな服がお好みのようですね」

「はあ……」

「お式はウェディング・ドレスですか？」

やっと分った。この人は私を柳原の「新しい方の妻」だと思っているのだ。

もちろんそう思われても仕方ない。年齢も同じ二十八で、こんな庭をぶらついているのだから。

この人は、その結婚相手を見たことがないのだ。

「どこかで——」

と、武藤は言った。

「何か？」

「いや、どこかでお目にかかったことがありましたか」

「いいえ。たぶん……ない、と思います」

と、早苗は言った。

あるわけがない。早苗が死んでから生れているのに。

「そうでしょうね……。いや、失礼しました」

武藤は会釈をして、「お家の方へ戻られますか？　私は一旦東京へ帰らなくてはなりません」

「私——もう少しここにおります」

「そうですか。——ではここで失礼させていただきます」

武藤は感じのいい笑顔を見せて、「週末にまたお目にかかるのを、楽しみにしております」

「こちらこそ……」

武藤が立ち去ると、早苗はフーッと息を吐き出して、ベンチに腰をおろした。

一体何があったのか。——どうしてあの男には自分が見えたのだろう？

足音がした。三、四人はいるだろう。

「この辺りで一旦、溝を切らなきゃいけないな」

「排水はどうするか。——ここは少し低くなってるから、たまっちまったら、大変だ。池になる」

「排水口を点検して、使えるかどうか、やってみないとな」

図面を手にして、実際の庭と比べながらゆっくり歩いて来る三人の男。早苗は立ち上って、その男たちの前に立ちはだかった。

この男たちには見えるだろうか？

「いずれにしても、木の葉や土が詰るからね」

「ああ。——その角のあたりに、この四阿《あずまや》が建つのか」

「ちょっとした住宅だな」

「俺の家よりでかいかもしれない」

みんなが笑いながら——早苗を「素通り」して行った。

あの三人には見えなかったのだ。では、武藤という男は……。

どうやら、幽霊が見える能力のようなものがあって、それを身につけているかどうか、ということのようだ。

早苗は、それでもいくらか救われたような気がしていた。誰にも聞いてもらえず、見てもらえないのでは、あまりに寂しい。

せめて、あの武藤という男だけとでも話ができたのだ。

そして——早苗は不安だった。

果して、自分のことが見えるだろうか。あの人に。

3

車に乗れば眠る。

これが、柳原の習慣だった。運転手も、もう十年近く柳原の社長車を運転しているから、その点は承知している。

「ガソリンのむだ」の典型のような、大型の外車も、揺れが少なく眠りやすい、という実用的な長所から選んだものだ。もし向いていれば、トラックだって構わなかったのである。

柳原は七十歳の今も現役の社長であり、自らニューヨークやヨーロッパを飛び回っている。当然のことながら時差は辛かった。

その解消法が、「車に乗ったら、すぐ眠る」という方法だ。これで、柳原の体は自然にバランスを取っているのである。

ただ、犬の条件反射と同様、眠くも何ともない時でも、車に乗って、シートに身を委ねると、たちまち眠気が射して来るので、困ることもある。

特に、池島久美子とのデートの時などは……。

デートに誘っておきながら、車に乗ったとたん、グーグー眠ってしまうのだから、初めての時には、久美子が怒って帰ってしまったものだ。

もちろん、今は久美子もそれが柳原の意思と無関係だと分っていて、そっと寝かしておいてくれる。それどころか、最近は久美子の方にも柳原の習慣が伝染したらしく、久美子が先に眠り込んだりすることもあったのである。

だが、今日は……。

池島久美子は、ふっと目を覚ましてから、自分が眠っていたんだ、と気付いた。

車は、深い木立ちに挟まれた道を、滑るようになめらかに走り続けている。時計を見ると、自分も一時間近く、眠っていたことが分った。

途中、静かな湖畔のレストランで昼食をとって来た。食事の後なので、ごく自然に眠くなったのだろう。

向うへ着くのは夕方といっていたから、あと二時間ぐらいかしら？

もちろん柳原はぐっすりと、いつものように――。

隣のシートへ目をやって、久美子は驚いた。柳原は眠っていなかったのだ。

目を開けて、じっと窓の外を流れ去る風景に見入っていた……。

「あなた……」

ためらいがちに、声をかける。少しの間、柳原の耳には入っていないかのようだったが……。

「何だ。起きたのか」

と、柳原一馬は久美子の方へ顔を向けた。

「あなたは、眠らないの？」

柳原のことを「あなた」と呼ぶのは、本当は少し早いのかもしれない。

結婚式はこの暮れの予定なのだから。しかし、柳原の方が、そう呼んでほしい、と望んでいるのだし、それに三か月ほど前の夜から、事実上、二人は夫婦と同様だった。

「眠ったよ、少し」

と、柳原は言った。「しかし、そうそう眠ってばかりいられるもんじゃない。それに……」

柳原が少しためらうのに、久美子は気付いた。

「久しぶりなんでしょう、その山荘へ行くのは」

と、気軽に言ってみる。「楽しみだわ、どんな所か」

「そうか？」

柳原は、手を伸して、久美子の肩を軽く抱いた。「大至急で手直しさせたから、まだ使いにくい所もあるだろう。何でも、こうしてほしいと思ったことがあれば、言っていいんだよ」

「ええ」

久美子は微笑《ほほえ》んだ。

どっちも、黙り込んでしまう。珍しいことだった。

柳原も久美子も、無口な方ではない。柳原は仕事で年中海外へ出ているから、話題は豊富だし、久美子は二十八歳の若さで、おしゃべりは大の得意である。

二人でいて、話が途切れることは、まずない。しかし今日は特別だった。

久美子も、そして柳原もまた不安な気分になっており、お互いにそれをよく承知していた。――互いに理由は微妙に重なり、またずれてもいたのだが。

「――皆さん、今夜みえるのね」

と、久美子はちょっと息をついて、言った。

「ああ。面白くない奴《やつ》らだが、一度は引き合せとかんとな。気にすることはない」

と、柳原は肩をすくめた。

「面白くない、だなんて……。あなたの妹さんや甥《おい》ごさんたちじゃないの」

「たちの悪い親類くらい、厄介なもんはないよ」

「ええと……畑杵代さん、だったわね」

「そうだ。息子が畑岐也で、その女房が弓子。娘が……何だっけ？」

「リカちゃんでしょ」

「ああ、そうだ。こましゃくれて、いやな娘だ」

「あなた」

「姪《めい》が中神和江。まあ、あの中じゃましな部類だ」

「ご主人は中神勇二さんね。お見かけしたことがあるわ」

「娘がいたな。――小学生かな、確か」

「洋子ちゃん。六年生よ」

柳原は面食らって、

「どうしてそんなによく知ってるんだ？」

「あなたの秘書の方にメモを作ってもらったの。私、人の名前を憶《おぼ》えるの苦手だから、書いておいてもらって、何度も見ないと」

「そう会う機会もないさ」

「そうはいかないわ。あなたの妻になれば」

「もうなってる。——そうだろう」

「そうね」

久美子は、柳原の手を握った。そして当惑した。柳原が、握り返して来たのだ。まるで、柳原の方から、久美子に頼って来るかのように。

彼も不安なのだ、と久美子には分った。四十年前に亡くした妻のことが、いやでも思い出されて来るのだろう。

「あなた」

久美子は柳原の肩に頭をのせた。「大丈夫?」

「——ああ、もちろんだ」

柳原は、笑顔になって、「その内、子供部屋も必要になるな」

「気が早いわよ」

久美子は、顔を赤らめたのだった……。

そして、久美子は柳原の体にもたれかかりながら、再びうとうとした。夢を見ているような気もしたが、はっきりとは分らなかった。

「――着いたよ」

と、柳原が言って、ハッと目を覚ます。

車は停っていた。そして運転手がドアを開ける。

――黄昏《たそが》れてはいたが、その建物の圧倒されるような大きさに息をのむには、まだ充分に明るかった。

これが山荘？――大邸宅だわ。

「どうだ？」

と、柳原は訊いた。

「私……迷子札をつけてもらわなくちゃ」

と、久美子は言った。

柳原は笑って、

「どうだ？　かかえて入ろうか」

「やめてよ。腰を痛めたら大変」

「馬鹿いえ。お前ぐらい、二、三人かかえても平気だ」

「ちょっと！――あなた！」

久美子は本当に柳原にかかえ上げられて、声を上げた。「ぶつけないでね、頭を！」

運転手が笑って、玄関へ駆けて行くと、ドアを開ける。

「さあ、我々の新居だ」

と、柳原はホールへ入って……。

目の前に、ポカンとして立っているのは中神と、和江の二人だった。

「——何だ、早いな」

柳原は久美子をおろした。久美子はあわてて靴を脱ぐと、ホールへ上った。

「伯父さん、こちらが——」

「ああ、久美子だ」

久美子は、スカートのしわを伸して、

「池島久美子と申します」

と、頭を下げた。

中神と和江が笑顔で挨拶をして、

「いや、お祝いを、と思いましてね、伯父さんたちに」

「そうか。悪かったな」

「今、洋子が——。おい洋子!」

「洋子、何してるの?」

和江が呼ぶと、可愛いワンピースを着た洋子が、トコトコと花束をかかえてやって来た。

「おめでとうございます」

と、一礼して、花束を久美子へ渡す。

「まあ……。ありがとう」

久美子は胸が熱くなって、洋子の頭を軽くなでた。「洋子ちゃんね。——十二、だっけ？」

「うん」

「はい、と言いなさい」

と、和江が苦笑した。

「まあ、のんびりしてくれ」

柳原は、中神の肩を叩《たた》いた。「我々はちょっと上で一休みする。部屋は分ってるな？夕食までには、杵代たちも来るだろう。その時に会おう」

「ええ、後ほど」

と、和江は言って、「すてきな所ですね、伯父様」

「ありがとう」

柳原は階段を上りかけて、「ずいぶん手を入れたんだが……。昔のままのような気がするよ」

と、視線は吹き抜けの高い空間を漂った。

そして、柳原は久美子を伴って、広い階段を上って行った。

——二階の主寝室へ入った久美子は、息をのんだ。

広さのせいばかりではない。広いベッドは、アンチックの、まるで中世の絵画からぬけ出して来たような美しさだった。

「夢みたいだわ」

と、ベッドに腰をおろして、「あんな風に歓迎してくれるなんて思わなかった」

柳原は、ちょっと笑って、

「オフィスがほしいのさ」

と、言った。

「オフィス？」

「一人立ちしたいのさ、中神は。それでこっちの援助をあてにしてる」

「まあ。——でも、それだっていいじゃないの。心づかいは嬉しいわ」

「そうだな」

と、柳原は肯いた。「少し体をほぐしたい。風呂へ入るよ」

「それがいいわ」

柳原は、気になっていることがあった。玄関ホールにいる間、どこかから見られているような気がしてならなかったのだ。

「——上出来だ」

中神は居間へ入って、「どうだ？　あの花嫁も、喜んでた」

「ええ、そうね」

和江は、ため息をついた。

「どうした？」

「二十八って、あんなに若かったかと思うと……」

「何を言ってるんだ」

と、中神は笑った。「——おい、洋子、どこへ行くんだ？」

「キッチン」

と、洋子は言った。「お料理作るのを見てるの」

「邪魔しちゃいけないよ」

「うん」

洋子は居間を出て行った。

「こんな広い家じゃ、人だって二人や三人、雇わなきゃ、やっていけないわね」

「そうだろうな。この週末は臨時に四人も雇ってるんだ、凄《すご》い出費だな」

中神は頭の中で計算を始めていた……。

洋子は居間を出ると、きちんとドアを閉め、キッチンとは反対の方へ、廊下を辿って行った。

そっちは、地下室とか物置とかのある一画で、少し薄暗くなっていた。

「——ねえ」

と、洋子は、そっと声をかけた。「どこにいるの？」

どこかにいるはずだ。あの女の人は。

でも、どこに？——廊下には隠れる所なんかないのに。

「ここよ」

声がしたのは、洋子の後ろだった。

洋子は振り向いて、

「どこに隠れてたの？　気が付かなかった」

と、言《い》った。「ねえ、見えた、あの人？」

「ええ……。私は見たわ」

と、その女の人は言った。「どうもありがとう」

「だけど——どうして出て来なかったの？」

洋子は、その女の人が、涙ぐんでいるのに気付いた。洋子も、もう十二歳である。大人が本気で泣いている時には、子供が口を出してはいけないのだ、と思うほど、大人だった。

「そうね……。私はね、誰の目にもつかない方がいいの」

と、その人は言った。「あなたもね、私のこと、誰にも言わないでね」

「分ってる」

「そうね。——約束したんだものね」

「うん。約束だもん」

洋子はしっかり肯いた。「お姉ちゃん、どこに寝てるの？」

その人は、ちょっと笑って、

「〈お姉ちゃん〉ね。——〈おばちゃん〉でもいいのよ」

「凄く若くて、きれいだよ」

「まあ嬉しい」

と、その人は言った。「私はね、この近くに住んでるの。——もう行った方がいいわ。それじゃあ」

「さよなら」

洋子はトコトコと歩き出して、振り向くと、「また遊びに来る？」

と、訊いた。

「そうね。——できれば、また」

と、その人は言った。「さ、行って」

洋子はまた歩き出して、もう一度振り返ったが、その女の人は、いなくなっていた……。


「分ってるわね」

と、畑杵代は言った。「あんたの仕事は、成功か失敗か、二つに一つよ」

「ええ」

「中途半端じゃだめ。——しくじったら、一文にもならない。憶えといてね」

「しっかりと」

と、武藤は言った。「表向きは秘書ですが、何をすりゃいいんです?」

「いいわよ、適当にそばについてりゃ。もちろん、向うへ行ったら、あの女のそばについてるようにして」

「分ってます」

——車は、畑岐也が運転していた。

助手席に武藤が座り、後部座席には、娘のリカを挟んで、杵代と弓子が座っていた。

「あとどれくらい?」

と、杵代が言った。

「俺は初めてだよ」

「見当ぐらいつくでしょう」

「たぶん一時間ってとこでしょうね」

と、武藤は言った。

「夕食の時間、ぎりぎりね」

と、弓子は言った。「リカ、眠っちゃってるわ」

「私も眠くなったよ」

と、杵代は欠伸をして、「着いたら起して」

と、目を閉じたと思うと、間もなく眠り込んでしまった。

「――呑気なもんだ」

と、畑岐也がハンドルを握って、肩をすくめる。「あんた……武藤君、だっけ?」

「はあ」

「いくつだい」

「三十二です」

「ふーん」

畑は、意外そうな声を出した。もっと若いかと思っていたのである。

「普段は何をしてるんだい？　つまり——こういう仕事をしてない時は」

「何もしていません」

と、武藤は首を振った。

「何も？」

「ええ。——映画やお芝居を見に行ったり、音楽会へ行ったり……」

「へえ！　そりゃ羨ましいや」

武藤は、そう言われるのに慣れているのだろう、気を悪くした様子もなく、

「女性を楽しませるのが、僕の仕事ですからね。そのためには、あらゆる趣味の持主と、話が合うようにしておかなくちゃいけません。ミュージカル、オペラ、ロックに邦楽とね。その間に、体も鍛えて。楽じゃありませんよ」

「大変ね」

と、弓子が後ろの座席で言った。「いつから、この仕事を？」

「まあ、何となくですからね、初めは。——二十五、六のころには、もう勤めには行っていませんでした」

「そう……」

弓子は、さっきから武藤の、斜め後ろからのプロフィールへと、つい目が向くのを止

められなかった。彫りの深い顔は、ちょっと日本人離れしている。

体つきも引きしまって、筋肉質だということが分る。——もちろん、夫と比較するのが無意味だということは分っているが、それでもつい……。比べるな、と言う方が無理だ。

それにしても……。お義母様も、とんでもないことを考えられたものだわ。

「それで」

と、畑が言った。「自信はあるのかい」

「自信ですか」

「そう。伯父の彼女をものにする自信がさ」

武藤は、大して気にもしていない口調で、

「運次第ですね」

とだけ言った。

「運？　それで商売になるのかい？」

「だめな時はだめですよ、どんなにこちらが頑張っても。気に入られようと努力していることが分ったら、相手はついて来ません。どうでもいいんだ、という様子でいないと。それには、相手の好みにこっちが合っているかどうかが問題で、それぱっかりは、先天的なものがありますからね」

「ふーん……。そんなもんか」

畑が、半ば呆気にとられつつ、武藤の話を聞いているのが、後ろの弓子にも分って、おかしくてたまらなかった。今、畑は、「俺はどうしてもてないんだろう」と考えているのに違いないのである。

——好みの問題ね。

そうよ。弓子は、遠慮するのをやめて、じっと武藤のプロフィールを見つめていたのだった……。

4

「え？」

と、洋子は目を見開いた。「でも——そんなことしちゃいけないんじゃないの？」

「ごめんなさいね、変なことを頼んで」

と、その女の人は言った。「でもね、これは絶対に悪いことなんじゃないの。本当よ」

「だけど……。入っちゃいけない部屋に入るんでしょ？」

「でも、そこはね、私の部屋だったの。——少し前だけどね」

「ふーん」

「そこに、私が前に持っていた物が、置いたままになってるのよ。だから、それを持って来てほしいの」

洋子は、少し迷っていた。

――夕食もすんで、子供たちは寝なさい、と言われていたが、もちろん洋子にとっては、こんな大きな家、初めて見るのだから、そう簡単に寝られやしない。

お父さんとお母さんに「おやすみなさい」を言ってから、洋子は二階の廊下を「探検」していたのだ。

するとーーいつの間にやら、後ろにあの女の人が立っていたのだった。

「ね、お願いよ」

と、その人は言った。

洋子も、この女の人がいい人だってことは、分っている。子供ながらに、直感的に「いい人」だと思える大人がいるものだ、ということは知っていた。

ただ、頼まれたことをやってあげて、もし他の誰かに見付かったら……。たぶん叱られるだろうということも、分っている。

でも、その女の人の頼み方は熱心でーーというより、「命がけ」って感じで、とてもいやだとは言えなかった……。

「うん、いいよ」

と、洋子は言った。

「ありがとう！　それじゃね、まず下のお台所へ行って鍵の束を持って来て。その中にあの部屋の鍵があるわ」

「うん」

洋子は、肯くと、「じゃ、待っててね」

と、歩き出した。

「見付からないようにね！」

と、その女の人は声をかけた。


「何ですって？」

畑杵代は、目をむいた。「それは、どういう意味？」

「分りませんよ、僕にも」

武藤は、ゆっくりと本棚にもたれかかって言った。

食事の後、大人たちは居間に集まって、柳原と池島久美子の挙式について、相談することになっていた。

内心はともかく、大の大人が（それも七十歳！）結婚を決めたことに、正面切って異を唱えるわけにはいかない。杵代や、畑岐也たちも、表向きは二人を祝福して、和やかな夕食になったのである。

しかし——居間へ入る前に、武藤が杵代をこの書斎へと引っ張って来たのだった。

「それは……間違いないの？」

と、杵代は言った。

「ええ。確かです」

「だけど……妙な話じゃないの」

杵代も呆気にとられている。「ああやって私たちに紹介したのに——それが違う女だっていうの？」

「僕が庭で会った女とは、別人です。年齢は同じくらいでしょうが」

「その女は——確かに、兄さんの妻だと言ったのね？」

「僕が訊くと、そうだと答えましたよ」

「じゃ、一緒に夕食をとった、あの女は何者？」

「分りません。もしかすると、庭にいた女の方が本物じゃないのかも。——どっちにしても、なぜ偽ものが必要なのか」

武藤は、むしろ楽しそうに言った。「そして、僕はどっちにアタックすればいいんですか」

杵代は、険しい顔つきで考え込んでいたが、やがて大きく息を吸い込んで、

「――兄さんも、やってくれるじゃないの！」

と、言った。

「何です？」

「こっちが何かやらかそうとしてる、ってことを、察したのよ。全く、食えないじいさんだわ」

「お互い様でしょ」

「え？」

「いえ、こっちのことです」

と、武藤は首を振って、「つまり、あっちが偽ものを立てて来た、ということですか」

「他に考えられる？　私が何かやるだろうと思ってるんだわ！　妹を信用しないなんて！」

勝手なことを言っているのを耳にして、武藤はふき出しそうになるのを、何とかこらえていた。

「じゃ、どうすりゃいいんですか、僕の方は」

「当然、本物の池島久美子の方を、誘惑してくれなきゃね」

「しかし――どこにいるのかも分らないんですよ」

「だって、あなたはここの庭で会ったんでしょ。この近くにいるに決ってるわ」

「こんな山の中にですか？」

「そうね……。もしかしたら——」

杵代はパッと顔を輝かせた。「分ったわ！　どう、この頭の切れ味！　この年齢《とし》になっても、衰えちゃいないわね」

「はあ……」

「じゃ、いいわね？　しっかりやってよ。兄さんの鼻をあかしてやるんだから」

と、杵代が書斎を出て行こうとする。

「ちょっと！　一体、彼女はどこにいるんです？」

「あら、言わなかった？」

頭の切れ味の方も、あんまりあてにならない。「二階の、〈開かずの間〉よ」

「この山荘の中に？」

「ね？　誰も考えつかない、絶好の隠れ場所だわ。——あの部屋は、確かバスルームも付いてるし、食事はこっそり運ばせればいいんだから、隠れてるのは簡単よ。あなたが偽ものを陥落させたら、サッと本物を連れて来て、私たちに見せつける気なんだわ！全く、やり方が汚ない！」

武藤は黙って目を天井へ向けた。

「私だって……妹として、兄さんの幸せは願ってるのよ。それなのに、こっちを引っかけて笑ってやろうなんて……。それが、実の妹に対する仕打ちなの?」

どうやら、杵代は本気で嘆いている様子で、目に涙さえ浮かべている。武藤は半ば呆気にとられて、その姿を眺めていた。

「――こちらですか」

と、弓子が顔を出して、「伯父様がお話があるから居間に集まれと――」

「今行くわ」

杵代はあわてて、くしゃくしゃのハンカチで目をこすると、弓子を押し出しておいて、武藤の方へ、

「いいこと? 失敗したら、ただじゃすまないわよ!」

と言い捨てて、えらい勢いで出て行ってしまった。

――武藤は、唖然として閉ったドアを見ていたが、やがて、

「肉親ってのは複雑なもんだな」

と、呟くように言った。「もっとも、金がなきゃ関係ないか」


畑リカは、十四歳、中学二年生である。

最近の中学生は、と一般論を前置きするまでもなく、リカは夜ふかしが特技だった。

友だちだって、みんな遅くまで起きてるよ。

このリカの一言で、母の弓子も何も言わない。大体、弓子にしても、規則正しい健康的な生活、という点では、あまりリカの前で大きな顔はできないのである。

リカは、いつも十二時過ぎまで起きていた。朝は、ちゃんと（というか、仕方なく）起きて学校へ行くが、授業中に居眠りするのも、特技の一つだった。当然、成績の方は芳しくないが、両親とも、自分が優等生とは程遠かったことを忘れていないので、あまり文句も言わなかった……。

「――何してんだろ」

リカは、夜の十時を少し過ぎただけだというのに、「寝なさい」と二階へ追いやられてしまって、むくれていた。

リカほどの年齢になると、大体の事情は理解できる。ともかく、柳原のおじさん（というよりおじいさんだが）が若い女と再婚するので、みんな大あわてなのである。

そこに「お金」が絡んでるってことも、リカには分っていた。――中学生にとっても、お金は大切だ。

「この週末が勝負よ」

と、母が言っているのを、リカは耳にしていた。

何の「勝負」だかよく分らないけど、ともかくこの週末が大変なんだ、ってことはよく分っている。しかし、そんなことは、リカの好奇心にとって、何の邪魔にもならなかった。

凄い家だ！——リカは、勝手にあちこちの部屋を覗《のぞ》き込んだりして歩いていた。見付かったって、大して怒られるわけではないことを、承知していたのだ。

二階の廊下を歩いて来たリカは、角を曲ろうとして、足を止めた。——階段を上って来たのは、洋子である。

従姉妹《いとこ》同士というわけだが、リカは洋子があんまり好きでない。まあ、リカの方が年上だから、正面切ってケンカするということはないけど、大体いい子ぶってる奴ってのが、リカは気にくわないのだ。

何してるんだろう？

リカは、そっと覗いてみて、洋子が何かジャラジャラと音のするものを手にしているのに気付いた。しかも、誰かに見られないか、というように周りを見回している。

あれは——鍵の束だ！

一体あれでどうしようっていうんだろう？

リカは急に心臓がドキドキして来た。こいつは面白そうだ！

あの子が、人の目を盗んで何かやるなんて思ってもみなかった。——これを見逃す手はない。

洋子は、誰もいないのでホッとしたのか、小走りに駆けて行った。そして、あるドアの前に足を止めたが……。

あそこは、確か「入っちゃいけない」と言われてた部屋だ！　リカは胸をときめかせた。

もちろん鍵がかかってなきゃ、リカだって中へ入ってみるに決ってる。でも、洋子がどうして、鍵まで持って来て中へ入ろうとするんだろう？

洋子は、いくつかの鍵をためしてみている様子だったが、やがてカチャリと音がして、ドアが開く。——やった！

洋子が中へ姿を消すと、リカはそっとそのドアの前まで行ってみた。

何か……しゃべってる？　かすかだが、洋子の声が聞こえて来るのだ。

誰かいるのだろうか？　この部屋の中に。

「——これなの？」

と、洋子が訊いている。「——ふーん」

リカは、ちょっと苛々《いらいら》した。相手の声が一向に聞こえないのだ。よほど小さい声でしゃべっているらしい。

「分った」

と、洋子が言った。「これを置いてくりゃいいんだね」

リカはドアから離れた。洋子が出て来そうだったからだ。

あわててさっきの角まで行って隠れると、洋子が廊下へ出て来た。そしてドアを閉じる前に、中へ向って、

「そこにいるの？」

と、声をかけたのだ。「――うん、いいよ。じゃ、鍵はかけなくていいんだね」

おかしい。誰かとしゃべってるはずなのに、相手の声は一向に聞こえないのだ。

洋子はドアを閉めると、今度は別の部屋のドアへと……。何か手に持っている。

「アッ！」

洋子がそれを落として、あわてて拾い上げる。――何だろう？

首飾りかブレスレット、そんな風に見えたけど……。

洋子は、一番大きな、両開きのドアの所へ行くと、またチラッと左右を見回してから、ドアを開けた。そこは鍵がかかっていない。

あそこは確か、柳原のおじさんの寝室だ。中がもの凄く広い。ここへ着いたばかりの時、ちょっと覗いてみて、母から叱られたのである。

洋子は中へ入って行くと、またすぐに出て来た。ホッとした様子だ。

そして、鍵の束をどこかへ返しに行くのだろう、足早に階段を下りて行った。

――リカは迷った。

洋子を問い詰めて白状させてやってもいいけれど、あの「入っちゃいけない部屋」の

ことも気になったのだ。

洋子の方は後回しでもいい、今は、差し当り、あの部屋を覗いてみたかった。

一体誰が隠れているのか。――洋子が話をしてるくらいだから、何も危いことはないんだ。

リカは、そっとそのドアの方へ近付いて行った。本当は足音を殺すことなんかないのだ。廊下にも、分厚いカーペットが敷かれているのだから。

リカは、少しためらってから、思い切ってドアを開けた。

その女は、やはりそこにいた。

武藤は、夜の庭園を歩いて行ったのである。――予感があった。

あの畑杵代はそう思わなかったようだが、武藤は何となく、ここであの女に会えるような気がしていたのだ。

なぜそう思ったのかは、自分でもよく分らない。――常識的に考えれば、こんな山の中で、しかも秋の夜である。風も冷たく、しばらく外にいると、相当に寒くなりそうだ。

しかし、武藤は来てみた。そして、自分の予感していた通り、あのベンチに、女が座っているのを見付けたのである。

足音に気付いて、女が振り向くまで、少し時間がかかった。何かもの思いに耽《ふけ》っていた様子だ。

「お邪魔ですか」

武藤は足を止めて、訊いた。

「――いいえ」

女は首を振った。「何してらっしゃるの、こんな所で」

「あなたこそ」

武藤はベンチの近くまで来て、「――寒くありませんか」

「私は少しも……。寒さを感じないんです」

女は、武藤から目をそらした。「寒さも暑さも……。寂しいものですね」

「そうですか」

武藤は、女の言っている意味が、よく分らなかった。

「――妙な女だとお思い？」

と、武藤を見上げる。

「そうですね……。妙だと思ったのは、こんな時間にこんな所にいらっしゃること、それに、前と同じ服装だということ」

女は、ちょっと笑った。――その笑いが、武藤の体を震わせた。何という笑いだろう！

「どうして一人で出ていらしたの？」

と、女は訊いた。

「僕には関係のない話でしてね。――柳原さんの結婚式についての打ち合せとか」

女が、ふっと目をそらした。

武藤は、同じベンチの端の方に腰をおろして、

「あなたは――」

と、言いかけた。

「私が誰だかご存知？」

と、女は少し思い詰めたような口調で言った。

「柳原さんの奥様だと……。ご自分でそう認められましたよ」

「ええ……。でも、今は、柳原が他の女と結婚しようとしてるわ」

武藤は戸惑った。

「他の女と？　しかし――」

「あなたもお会いになったでしょ」

「確かに……。しかし、あの人は――」

「柳原を責めるわけにはいかないわ。私が死んでから、四十年も独りでいてくれたんですものね。でも、何もこの山荘に住まなくてもいいと思うの。あの人なら、どんな所に

だって住めるんですもの」

「はあ」

武藤は肯いてから、「——今、『私が』どうしてから四十年とおっしゃいました？」

「死んでから」

と、女はアッサリと言った。「写真とか見なかった？　私と夫の、昔の写真」

「いや……」

「そう。じゃ、柳原に見せてもらうといいわ。たぶん——たぶん、まだ取ってあるでしようから。でも、あの若い人が奥さんになったら、私の写真なんか、焼き捨てられちゃうかもしれない……」

女は、急に声が途切れて、涙がこみ上げて来た様子で、急いでハンカチを取り出して拭った。

「あなたは……」

「私は幽霊ね、いわゆる」

と、女は言って、ちょっと照れたように笑った。「びっくりした？」

「はあ」

武藤はポカンとしていたが、「信じられませんね。ちゃんとここにいらっしゃるのに」

「そう？　じゃ触ってみたら？　空気があるだけで、何も手応えはないはずよ」

武藤は、しばらく迷ってから、恐る恐る手を伸した。

と、女はパッと立ち上って、

「いいえ、やめて」

と言った。「もし、あなたが私のことを恐ろしいと思ったら、もう私のことが見えなくなるかもしれないわ。——触ろうとしないで」

「しかし——」

「私を見てくれる人は、ほんの——ほんのわずかなのよ。一人でも失いたくないの」

女はタタッと駆け出した。そして、すぐに足を止めて振り向くと、

「またここへ来てね」

と言うと、たちまち行ってしまった。

武藤は、まるで夢から覚めたような気分で、ベンチの女が今まで座っていた辺りを見ていたが、ふと、そこへ手をやって、当ててみた。

全く、ぬくもりは感じられなかった。

「——まさか」

と、武藤が呟く。

女が消えたのとは反対の方から、足音が聞こえて、武藤はドキッとして振り向いた。

「ああ、奥さん」

畑弓子だった。少し寒そうに両腕をしっかりと抱きかかえるように組んで、

「何してるんです、こんな所で？」

と、武藤の方へやって来た。

そして、今まであの女の座っていた所へ腰をおろしたのである。

「いや……ちょっと」

と、武藤は曖昧《あいまい》に言った。「――寒くありませんか？」

「ええ、肌寒いわ。やっぱり山の中ね」

「じゃ、中へ戻って――」

「あなたは？　寒い？」

「まあ……多少は」

「中じゃ、伯父さまとお義母様が二人でしゃべりまくって、他の人間は死んでたって気が付かれないでしょ」

と、弓子は笑った。「そして、主人は酔っ払って……。何しろ、いいお酒がタダで飲めるとなると、目がないんだから」

「奥さん――」

「寒いわ」

弓子は、武藤の方へもたれかかって来た。「お願い。抱いてちょうだい」

「奥さん……」

「今、ここで一人で何をしゃべってらしたの？」

「え？」

「覗いてたのよ。あなた一人でブツブツ話してて……。例の女を口説く練習？」

「一人で……。僕は一人でしたか？」

「当り前じゃないの。他に誰もいないわ」

「一人で……」

「ねえ、武藤さん、私で練習してみたら？」

と、弓子は囁《ささや》きかけた。「口説かれてみてあげるわ」

突然、武藤が立ち上ったので、弓子は危うく引っくり返りそうになった。

「何よ、一体？」

「失礼します」

武藤が駆け出して行ってしまうのを、弓子は呆気にとられて、見送っていた……。

5

「疲れた」

と、久美子は寝室へ入ると、急に肩を落とした。「くたくただわ」

「緊張したろう」

柳原は、ドアを後ろ手に閉めると、ロックした。「もう邪魔は入らん。ゆっくり休むといい」

「あなたと違って、そうバタッと寝てすぐ眠り込む、ってわけにはいかないのよ」

と、久美子は口を尖《とが》らした。

「おいおい、ご機嫌斜めだな」

柳原は笑って、久美子を抱いた。

「やめて――ちょっと」

逆らおうとしたのも束《つか》の間《ま》だった。久美子は、抱かれるままに柳原の胸に顔を埋《うず》めて、息をついた。

「いつまでもこうしていたい」

と、久美子は言った。「あなたを会社へも行かせないで」

「さあ、ともかく今夜はそばにいるさ、ずっと朝まで。いや、昼まででもいい」

「今夜だけね」

「そうわがまま言うな」

「分ってるわ。あなたを困らせやしないわ」

久美子は柳原にキスすると、「もう一度お風呂へ入るわ、ゆっくりと」

「ああ、そうするといい。ぐっすり眠れる」

「あなたは？」

「俺はちょっと片付けものがある。後でシャワーだけ浴びよう」

「じゃ、入って来る」

久美子がバスルームへ姿を消すと、柳原は書きもの机の前の椅子を引いて、腰をおろした。

「全く、因果なもんだ、社長業なんて」

と、独り言を言いながら、メガネをかけ、書類のつづりに目を通し始める。

週明けまでに目を通しておかなくてはならないのである。

「ペンは、と……」

引出しを開けて、柳原はボールペンを取り出したが――。そのまま、柳原の手は凍りついたように止った。

これは？　何だ？

取り出したのは、ブレスレットだった。見間違えるはずがない。

これは――早苗のものだった。

どうしてこんな所にあるんだ？　これは確か……早苗が息を引き取った、あの部屋の引出しに、しまってあったはずだ。

誰が持ち出したのだろう？　しかも、こんな所に。

杵代が？　やりかねない。あいつは俺と久美子の結婚で、自分の懐へ入るべき財産が失《な》くなると思っている。

しかし、これがあの引出しの中にあったこと、そしてこのブレスレットが、柳原と早苗にとって特別なものだということ……。これは、早苗に初めて柳原がプレゼントした物なのである。

大して高価な物ではないが、早苗は気に入って、いつもそばに置いていた。それを知っている人間は、二人の他にいないはずだが……。

ドアをノックする音にびっくりして、柳原は飛び上りかけた。急いでドアの所へ行くと、

「誰だ？」

と、声をかけた。

「武藤と申します」

あの、杵代の連れて来た妙な色男だ。秘書とか言っていたが、怪しいものだ。

「もう寝てるんだ。用があるのなら、明日にしろ」

と、柳原はドア越しに言った。

「お手間は取らせません。——亡くなった奥様のことで」

柳原は戸惑った。手の中のブレスレットを見下ろす。

「分った」

柳原はドアを開けた。「——何の用だ」

「突然申し訳ありません」

と、武藤は真剣そのものの顔で、柳原を見つめた。「亡くなった奥様の写真をお持ちでしたら、見せていただけませんか」

「何だと？」

柳原は面食らった。「君は……」

「お願いです」

武藤が何を考えているのか分らなかったが、柳原もその気迫には押されるのを感じた。

「待っていたまえ」

柳原は、書きもの机に戻ると、引出しの奥から、小さなスタンドに入れた写真を取り出した。

中へ入って、チラッとバスルームの方へ目をやる。

ドアを閉めた武藤は、そこで立って待っていた。

「これだ。——新婚当時のものだが」

武藤はその写真にうつっている、明るい笑顔をじっと見つめていたが、

「——可愛い方ですね」

と、言った。

「ああ……。これが死んだ時には、何もする気になれなかったものだよ。逆に仕事は急に忙しくなってね。それで駆け回っていたから、乗り切れたのかもしれない」

柳原は、その写真を眺めて、「しかし、君、どうしてこれを見たかったんだね」

と、訊いた。

「確かめたかったんです」

「確かめる？　何を？」

「あなたが、久美子さんを愛しておられるのかどうかを」

と、武藤は言った。

「それはどういう意味だ」

「お邪魔しました」

武藤は一礼して出て行った。

柳原は、当惑した様子で立っていたが、バスルームから久美子が出て来る気配に気付くと、あわてて写真を書きもの机の中へとしまいに戻った。

「あら」

ドアを開けて、畑杵代は言った。「どうしたの?」

「ちょっとね……。いいかい?」

畑岐也は、トロンとした目で、酒くさい息を吐いていた。

「入りなさい」

と、杵代は言って、「でも、ドアは開けといて。酒くさくってしょうがないわ」

「そう言うなよ、母さん。俺は一人息子だぜ」

と、少々ろれつの回らない口調で言った。

「いくつになったのよ。——何の用なの?」

「そりゃもちろん……金だよ」

と、畑岐也は言って、ドサッとソファに座り込んだ。

「お金が何だっていうの?」

「少し都合してくれないか」

杵代は、ガウンをはおって、もう寝るばかりの格好だった。肘かけ椅子に座ると、

「私にだって、そんなに余分なお金はないのよ。分ってるでしょう」

「まあね……。でも、抵当に入れる家や土地はあるじゃないか」

「岐也、お前——」

「切羽詰ってるんだ。——この週明けに、五百万、何とか都合しないと、破産だよ」

杵代は少しこわばった表情で、

「そんなに？——一体何につかったの！」

「金なんて、消える時は手品みたいに消えて行くさ。そうだろ？」

「弓子さんは知ってるの」

「そこまでは話してない。何しろ……つい昨日だからね、そう厳しく言われたのは」

「そのくせ、飲んだくれて！」

と、杵代は叱りつけるように言った。「何とかお金をかき集めるとか、借りて来るとか、できないの？」

「そんなまね、させたくないだろ？　息子が人の前に手をついてさ、『頼むから金を貸してくれ』とか、『あと二、三日待ってくれ』とか……。言えるかい、そんなことが？」

杵代は、疲れたように息を吐き出して、目を閉じた。

「——なあ、母さん」

「無理よ」

と、杵代は首を振った。「うちだって抵当に入ってるわ」

畑岐也は、酔いがさめてしまった様子で、啞然として母親を見つめた。突然老け込んだような母親を。

「うまい話に乗ってね」

と、杵代は、吐き捨てるように言った。「元も子もなくしちまったのよ」

「何だって……」

畑岐也の声は、かすれていた。「じゃ——母さんも一文なしなのかい?」

「それほどじゃないけどね」

と、杵代は苦笑した。「一人何とか食べてぐらいは残してある。だけど——とてもじゃないけど、あんたを助けてやるような余裕はないよ」

「じゃ……どうすりゃいいんだ?」

もう四十近い男の言葉ではなかった。自分の力で道を切り拓《ひら》き、自分の手で生活を築き上げることを、これまで経験したことのない、「子供」の言葉だ。

母さんがこう言ったから。——それで生きて来た男なのだ。

「岐也……」

と、杵代は言った。「仕方ないね。兄さんに頭を下げて頼んだら?」

「伯父さんに?」

畑岐也は顔をしかめた。「いやだよ。また何て言われるか……。俺のことを子供扱いして。俺はちょっと運が悪かったんだ。——そんな奴はいくらもいるよ」

「じゃ、どうでも好きにしなさい」

と、杵代は肩をすくめた。

「母さんから言ってくれよ、俺は……」

「私の言うことなんか、聞きゃしないよ、兄さんは」

「じゃ……どうすりゃいいんだ？」

「火でもつけたら、この屋敷に」

と、杵代は天井を見上げて言った。

「火をつける？」

「そう。火災保険だけでも大変な額だよ。運悪く、兄さんが焼け死ぬってこともあるかもしれないしね」

と、杵代は言って笑った。

畑岐也はフラッと立ち上った。

「ゆっくり考えるよ」

「まず酔いをさましてね」

「ああ……。おやすみ」

少しもつれる足取りで、畑岐也は出て行った。——杵代は深々と息をつくと、両手で顔を覆った……。


またやって来てしまった。

早苗は、さすがに真夜中になって、ほとんど見通しのきかない庭へ出ると、どこをどう歩いていいものやら、戸惑った。

しかし——考えることはなかったのだ。どこでも通り抜けて行けるのである。

そして、また、あのベンチの所へやって来た。便利なもんだわ、幽霊って……。

しかし、寂しくもあった。手応えもなく、ドアも生垣も通り過ぎてしまうと、自分が「何ものでもない」ことを、思い知らされてしまうのである。

ベンチに腰をおろす。——怖かった。

柳原の前に姿を見せるのが、恐ろしかった。何も気付いてくれなかったら、どうしよう？

でも、そんなことがあるだろうか？　私たちは夫婦なのだ。いや、「だった」のだ。

洋子に頼んで、あのブレスレットを、柳原の机の引出しへ入れておいた。あんなことをするべきではなかったかもしれないが、早苗は何かしないではいられなかったのである。

あの武藤という男性と、杵代の孫に当る洋子という女の子。今のところ、その二人だけが、早苗を見ることができるようだ。

死者を見るには、何か「資格」のようなものが必要なのだろうか？　少なくとも、武藤も洋子も、早苗が生前に知っていた人間ではない。それどころか、二人は生れてさえいなかったはずだ。

柳原が全く早苗を見ることができないということも、充分にあり得る。——そのことを、早苗も分っていた。

それを現実に悟らされることが辛いのである。何も気付かないで、柳原は早苗の目の前で、あの若い女を抱くかもしれない……。

そんな残酷なこと！　早苗は、激しく首を振って、その想像を振り捨てようとした。

「ここにいたんですね」

声がして、びっくりして振り向いた。

武藤は、ベンチに並んで腰をおろした。

「あなたは——」

と、早苗が言いかけると、武藤がスッと手を伸して来る。

早苗は反射的に身を縮めたが、その必要はなかったのだ。武藤の手は、空を探っていたからである。

「——怖いでしょう」

と、早苗は言った。

「いいえ」

武藤は微笑んで、「生きてる女の方がよほど怖いですよ。僕は包丁を握りしめた女に追い回されたことが二回ある」

「まあ」

「写真を見せてもらいました」

「じゃ——あの人に私のことを？」

「いいえ。話しても、彼にはあなたが見えないかもしれない。そうでしょう？」

早苗は目をそらした。武藤は続けて、

「僕は、畑杵代さんに雇われた男です。柳原さんの結婚を邪魔するために」

「どういうこと？」

「新しい花嫁を誘惑して、それを柳原さんに見せつけて、結婚を立ち消えにさせる。——財産目当てでしょう」

「杵代さんが？　何てこと！」

「僕はその道の専門家です」

と、武藤は少し照れたように、「女を誘惑するのが仕事で。いわゆるジゴロというやつです」

「そんなことを、本当に？」

「しかし、幽霊を相手にしたことはありませんね」

と、武藤は笑った。「実にすてきな幽霊ですが」

「じゃあ、あなたのお仕事は、あの池島久美子を誘惑なさること？」

「そういうことになります」

「やれそうですの？」

と、早苗が訊くと、武藤は即座に肯いた。

「できます。何といっても、柳原さんは七十で、しかも海外へ行かれて留守のことが多い。久美子さんも、内心、ためらいがないとは思えません」

「じゃ……仕事をなさるわけね」

武藤は、不思議な目で早苗を見ていた。

「あなた次第です」

「どういう意味？」

「あなたが、そうしてほしいとおっしゃれば……。やめてくれとおっしゃれば、僕はとても無理だと杵代さんに申し上げて、引き上げます」

「どうして私のことを――」

「あなたに惚《ほ》れたからです」

早苗は面食らった。

「私に……」

「こういう気持は理屈ではありませんからね。幽霊に恋をしてはいけないという法律もないし」

「そりゃそうですけど……」

「どうしますか。——柳原さんはずっと一人でいるべきだと思われるのなら——」

「いえ……。そうは思わないわ。四十年も、あの人は独身でいたんですもの。あの人が幸福になるのを、邪魔したいとは思わないの。でも……」

早苗は混乱していた。自分は一体何を望んでいるのだろう?

「あの女《ひと》は、あなたと似ていませんね」

と、武藤が言ったので、早苗は戸惑った。

「どういう意味?」

「もしかしたら、柳原さんは昔のあなたが忘れられなくて、よく似た女性を選んだのかもしれないと思ったんです。年齢も、あなたが亡くなった二十八歳だし」

「それが……」

「しかし、決して似ているとは言えませんでした。柳原さんが、あなたの代りとして、あの久美子という人を愛しているのなら、それはあの人にとっても、あなたにとっても、失礼なことだと思います。年齢《とし》をとると、過去の中にだけ、安らぎを求めたりするものですからね。しかし、柳原さんは違った。——それで僕は自分の仕事を果すべきかどうか、迷ったんです」

武藤の言葉は、早苗の胸に食い込んだ。

そう。——私は死んだのだ。でも、あの人は生きている。

「奥さん——」

と、武藤が言いかけた時だった。

「ここだったのね！」

と、突然畑弓子が駆けて来たのだ。

「どうしたんです、奥さん？」

武藤がびっくりして立ち上ると、弓子は、

「抱いて！」

と、武藤へ凄い勢いでぶつかって来た。

「奥さん——」

「あの人は酔って……。うちが破産する、って……」

「何ですって？」

「一緒に死のう、だなんて真面目な顔で……。とんでもないわ！　あんな人と一緒に死ぬなんて、誰が！」

弓子は、武藤にしがみついて離れなかった。「私を抱いて！」

「いや、奥さん、いいですか——」

と言いかけて、武藤はふと顔をしかめた。「何だ？——匂いませんか？」

「何が？」

「こげくさいような……」

夜の中に、何か明るい光がチラついていた。

「大変だわ！」

ベンチから離れていた早苗が叫んだ。「山荘が燃えてる！」

武藤は、弓子を振り離して、生垣の間を駆け抜け、足を止めた。

「何てことだ……」

二階の窓から次々に炎が吹き出して、ガラスが割れる音が、夜の静寂の中に響きわたった。

6

「弓子！——弓子！」

と、畑岐也が建物の表へ出て、わめいていた。

「畑さん！　奥さんは今来ます」

と、武藤は駆けつけて来て言った。

「貴様！　弓子をどうしたんだ」

畑は、武藤につかみかかった。「あいつはお前の所へ行くと言って――」

「畑さん！　何を言ってるんです、こんな時に！」

「逃げる気か！　この女たらしめ！　畜生！　俺と勝負してみろ！」

「畑さん、他の人は？」

「かかって来い！　怖いのか！」

「失礼します」

武藤の右の拳が素早く飛んで、畑は顎を殴られ、ドシンと尻もちをつくと、そのまま大の字になってのびてしまった。

「あなた……」

弓子がやって来て、うんざりしたように眺める。

武藤は玄関のドアから中へ飛び込んだ。

一階に泊っていた使用人たちが、大あわてで飛び出して来る。

階段を、柳原が久美子を抱きかかえるようにして下りて来た。ひどく咳込《せきこ》んでいる。

「大丈夫ですか！　早く外へ」

と、武藤が二人を外へ連れ出す。

「杵代は、今中神が連れて来る」

と、柳原は咳込んで、「――何ごとなんだ、一体？」

立派な建物ではあるが、木造なので、火の回りは早い。とても建物は残るまい、と武藤は思った。

中神が、畑杵代を必死でかかえて下りて来る。武藤は駆けて行って手を貸した。

「すまん。――家内が上に」

「分りました」

武藤が階段を上ろうとすると、和江が階段の上に現われた。

「あなた！」

と、金切り声で叫ぶ。「洋子がベッドにいないわ！」

「何だと？」

杵代を柳原に任せて、中神は戻ろうとした。

「火が――。奥さん！　危い！」

武藤が叫んだ。炎が二階の廊下を押し包むように広がって、和江の方へと迫っている。

「洋子が――」

「早く下りて下さい！」

「でも……」

火の熱で、和江は押されるように、階段を下りて来て、武藤に支えられた。

「あの子はどこに……」

「何とかして僕が見付けます！」

武藤は、中神の手に和江を渡した。

「リカ！――リカ！」

弓子が玄関から入って来た。「リカは？　リカはどこです？」

武藤は二階を見上げた。階段の上は、もう火に包まれていた。とても上ってはいけそうもない。

「他に階段は？」

「さあ……」

と、中神も青ざめているばかり。「何てことだ……。洋子！」

「私が行きます」

と、声がした。

武藤は振り返った。――早苗が立っていた。

「奥さん……」

「私なら、たぶん火の中でも大丈夫。子供たちは、きっとあの〈開かずの間〉にいるんだわ」

「しかし――」

「奥に、裏へ出る階段があるの。そっちへ火が回っていなければ……」

と、階段を上りかけて、振り向くと、「武藤さん」

と、早苗は言った。

「この山荘が焼けて、なくなってしまったら、私ももう消えてしまうのかもしれないから……。お願いしておきます。主人と、あの女の人を結婚させてやって」

「――分りました」

早苗は、ちょっと微笑んで見せると、階段を、渦巻く炎へと上って行く。

「あの人は誰？」

と、そばへやって来て、弓子が言った。

「何ですって？　見えるんですか？」

「あんなに――火の中へ堂々と――」

弓子は、涙をためていた。「ああ！　お願いですから、リカを救って！」

早苗は、あたかも誇り高く断頭台へと歩む王女のようだった。

その姿は運命を受け容れる決意をした者の、揺ぎない確信に満ちていた……。

「まあ！」

と言ったのは、和江だった。「あの人は……火の中へ入って行ったわ！」

見えるのだ！　和江にも、弓子にも見えたのだ。

柳原がやって来た。

「どうした?」

「今、女の人が――」

と、和江が言った。

「女?」

「ええ。見たことのない人が……。火の中を通り抜けて行ったんです」

「何だって?」

柳原が見上げた時、すでに早苗の姿は、炎の幕の向うへと消えてしまっていた……。

「柳原さん」

と、武藤は言った。「もう一つ、裏へ出る階段があるんですか?」

「裏へ?」

柳原は、少し考えて、「そうだ! 忘れていたぞ。確か外に階段がついている。――こっちだ」

柳原を先頭に、一旦外へ出ると、全員が建物の周囲を駆けて、裏側へと出た。

「あの階段だ」

古びてはいたが、しっかりしている。武藤は、それを駆け上った。

ドアが、きしみながら中から開いた。そして、洋子とリカが、目をこすりながら、現われたのだ！

「頑張れ！」

武藤は駆け寄って、「さあ！　足もとに気を付けて下りるんだ」

リカが、急いで下りて行くと、洋子は振り向いて、

「あの人が——」

と、言った。

「女の人が、迎えに行ったんだね」

「うん、あのお姉ちゃんが……」

「その人は？」

「そこまで来たんだよ。でも、私に、二人で出て行きなさい、って。——リカちゃんはその女の人のこと、分んないみたいだった」

「そういうこともあるんだ」

と、武藤は肯いた。「その人は出て来ないのかい？」

「うん。いいんだって。『私はここにいなきゃならないの』って言って……」

「そうか」

武藤は、半ば開いたドアの方へ目をやった。そこにもすでに火は近付いているようだった。

「よし。じゃ、行こう」

「でも、あのお姉ちゃん、死んじゃうよ」

「大丈夫なんだよ。あの人はね、死なない」

「死なない？」

「そうさ」

武藤は、洋子を背負うと、階段を下りて行った。下では、中神と和江が手をとり合って泣いている。

「――伯父さん」

畑岐也が、青ざめた顔で、柳原の所へやって来た。

「けがはないのか？　良かったな、あの子が助かって」

「伯父さん……。リカが……リカの奴が火をつけたんだ」

「何だって？」

「俺と……母さんとの話を立ち聞きして……。借金で困ってると……。母さんが冗談で言ったんだ。ここに火でもつけたら、と……。冗談だったんだよ……」

柳原は、畑岐也が泣き出すのを、辛い表情で見ていた。

「もういい」

と、柳原は言った。

「許してくれ、伯父さん」

「分った。――今は、子供のそばにいてやれ」

畑岐也が、よろけるように、妻と子の方へ戻って行く。

「うん……」

「怖いわ……」

と、久美子が言った。

「もう大丈夫だ」

柳原が久美子をしっかりと抱いた。

「いえ……。お金ってものが、怖いと思ったの」

「そうだな」

柳原は、すっかり炎に包まれてしまう山荘を見上げて、「ここに住むべきじゃないということかもしれない……」

と、独り言のように言った。

火は建物を巨大な幕のように包み込んでいた。

みんなが後退すると、やがて山荘は凄《すさ》まじい音と共に、崩れ始めた……。

――朝の太陽が、やっと暖かさを投げかけて来るころには、もう山荘は白い煙を立ち上らせているだけの廃墟《はいきょ》と化していた。

「やれやれ」

東京から駆けつけた柳原の会社の人間たちが、毛布や着るものを運んでくれて、やっと、柳原も人心地がついた、という様子だった。

「——武藤君だったかね」

柳原に声をかけられて、ぼんやりと焼け跡を眺めていた武藤は振り返った。

「コーヒーでもどうだ」

「いただきます」

と、武藤は言った。「久美子さんは?」

「秘書に、この近くのホテルへ連れて行ってもらった。他の連中もそうするだろう。今、連絡しているところだ」

柳原は、部下が用意した熱いコーヒーをポットから紙コップへ注いだ。

「——ありがとうございます」

武藤は両手でコップを包むように持ってそっとすすった。

「ここへ来るべきではなかったよ」

と、柳原は言った。

「どうしてです?」

「ここには、死んだ女房の思い出が詰っている。ここに住もうとしたのが間違っていた」

「では……」

「改めて、どこか捜すよ。あの若さだ。もっと都会に近い方がいいだろう。七十の年寄りと同じようにしろと言っても無理かもしれない」

「そうですね」

「君も――ゆうべの出来事については聞いていたろう。しかし、これは単なる失火だったということにしたい。分ってくれるかね」

「分ります」

「――岐也も、中神も、頼りないところはある。しかし、こっちも人を裁けるほど偉いとは思えんからね」

と、柳原は笑った。

それから、ふと、思い出した様子で、

「君、ゆうべ火事の時、裏の階段のことを言い出したね」

「はあ」

「どうして知ってた？　私も忘れていたのに」

「それは……」

武藤は、ちょっと詰って、「ある人から聞いたのです」

「ある人？」

「名前は知りませんが」

「妙なことを言う奴ばっかりだ」

と、柳原は苦笑した。「女たちは、誰だか『この世のものじゃない女の人』が炎の中を通って子供たちを助けてくれた、と感激してるし……。どうなってるんだ」

「人間は、自分にもよく分らないものがあると知っていた方がいいんですよ」

と、武藤は言った。

「よく分らないもの、か。——毎日、久美子を見てれば充分だ」

と、柳原は笑って言った。

「社長」

と、部下の一人がやって来た。「ホテルの方は、いつでも」

「そうか。おい、一緒に行こう」

柳原は武藤の肩を叩いた。

「しかし——」

「分っとる。杵代から聞いたよ。面白そうな商売だな。話を聞きたい」

柳原は、武藤を促して車に乗り込んだ。

武藤は車が動き出すと、まだ煙を立ち上らせている焼け跡を見やって、目をみはった。早苗が、立っていたのだ。武藤の方を見ている。

武藤が口を開きかけると、早苗は強く首を振った。そしてゆっくりと肯いて見せた。

「どうかしたか」

と、柳原は言った。

「いえ、私は……」

「君のことを見込んで話があるんだ。今の仕事も面白いだろうが、どうだ、私の所で働いてみないか」

と、柳原は言った。

車の電話が鳴り出して、

「何だ、こんな所まで！」

と文句を言いつつ、柳原は受話器を取った。「──ああ、俺だ。そうか。ファックスは入ってるのか？」

武藤は車の後方を振り返った。

焼け跡で、早苗が手を振っている。武藤も小さく手を振り返した……。

──車が見えなくなると、早苗は、手をおろした。

もう、柳原は二度とここへやって来ないだろう。

これでいいのだ。人は、生きている限り、やり直す資格があるのだ。

「これからどうなるの、私？」

と、早苗は呟いた。

幽霊の仲間でも捜そうか。二枚目の、すてきな幽霊にでも出会うかもしれない。

「――もったいないな」

と、消防隊の人間が、焼け跡を眺めて言った。「凄い屋敷だったんだろう？」

そうよ、と早苗は心の中で答えた。

ここには、すばらしい住いがあったのよ……。

解説

若竹七海

　暑い——となったら、わたしの場合、まず真っ先にやられるのは頭脳である。ただでさえささやかな思考能力は停滞し、原稿を書くはおろか読書さえおぼつかなくなる、というのが今年、一九九四年の猛夏の実態であった。いつもなら三日もあれば読破できる専門書は言うに及ばず、小説の類でさえ筋を追うのも怪しくなり、おんなじ頁《ページ》をひねもす読み返す、なんてことをしてしまう。ほとんど、いや、真実バカになっているのである。あいにくとうちには冷房がなかったので、脳味噌《のうみそ》沸騰状態はいつ果てるともなく、延々と続いた。

　眠るまえの読書が習慣になっていると、これは本当に困る。ただでさえ暑くて眠れないのに、ナイトキャップなしでどうしろというのだ。自慢ではないが、わたしは活字中毒患者なのだ。まずい、このままでは禁断症状が現われてなにをしでかすかわからぬ。小説のアイディアと現実を混同して、人を殺したり、おのれを名探偵だと思い込んだり、警察署を爆破してしまったらどうしよう……。

このとき、危機一髪のわたしを救ってくださったのは、一世紀もまえから全世界で読みつがれてきたクイーン・オヴ・ミステリ、アガサ・クリスティと、そして赤川次郎先生の諸作品であった。この東西のふたりの作家のおかげで、わたしは読むことができ、眠ることができ、犯罪者にならずにすんだのである。後述するが、これはまさしく偉大なことだとわたしは思うのである。

＊

わたしが初めて赤川作品を読んだのは、中学生の頃のことである。子どもの頃から活字中毒であったわたしは、実家近くの国立《くにたち》市立中央図書館に足繁《あししげ》く通っていた。そこで、ふと手にした一冊の本。それは朝日ソノラマ文庫の『死者の学園祭』であった（この当時の朝日ソノラマ文庫は、子ども向けとはいえ、加納一朗や辻真先《まさき》といったそうそうたる書き手による良質なミステリがそろっていたのだ。いま思えば、わたしがミステリの書き手になりたいなどという大それたことを考えた元凶は、アレにあった）。なんの気なしに読み始めたら、舞台はなんと国立である。年齢もそう違わない少女が主人公の軽快なミステリに、思わず書棚のまえにしゃがみこんで脚がしびれるのも厭《いと》わず、読み耽《ふけ》ったのである。

その頃、日本にはまだユーモア・ミステリというものは、ジャンルとしては確立されていなかった。海外にはクレイグ・ライスをはじめとする軽妙洒脱《しゃだつ》、おしゃれなミステリが山ほどあったというのに、日本では泥臭い、殺人イコール大悲劇、血塗られた、大時代的な、重苦しい、あるいは会社組織のなかの人間悲劇、といった類のものばかりが書かれ、読まれていた。こういったミステリも面白いけれど、いくら好きでも年がら年中重いものを押しつけられてはかなわない。ましてや子どもと大人のはざかいにいる十代の少女に、そんなものの面白さが本当の意味でわかるはずもない。

しかし、『死者の学園祭』は当時のわたしの頭に素直に染み込んだ。いわくありげなオープニングにはじまって、ストーリーの面白さや生き生きとした登場人物、なにより好奇心にひきずられて始まった探偵ごっこが思いもよらぬ悲劇に行き着き、しかしその悲劇を乗り越えていく姿は、これから成長していこうとするわたしにとって、どんな難しい言葉で書かれた哲学書よりも重要な道しるべになったのである。

その後、わたしは赤川次郎先生の卒業された国立の私立高校の姉妹校に進学し、おかげで高校一年の時に赤川先生の母校で開かれた講演会にも行っちゃったりした。このときは恥ずかしくてとても、御著書にサインください、とは言い出せなかったのだが、その後、別の図書館で開かれた講演にも……授業があって行けなかったので、友人を強迫してサインをもらいに行かせたのだ。主婦の友社発行の単行本『セーラー服と機関銃』は、おかげでサイン本である。わたしが最高傑作だと思う『マリオネットの罠』は、書店に並べている店員の手元からかっさらって、なけなしの小遣いをはたいて買ったのだ。台湾版の『三毛猫ホームズ』だって持っているんだぞ。どうだ、すごいだろ。……まあ、マニアもどきの年寄りの自慢話はこのくらいにしておこう。

*

どういうわけだか表現の場において、一読では意味の通らぬ難解な文章、何度となく登場人物表をひっくり返さねば理解できぬ複雑怪奇な人間模様、三回読み返してもなにがどうなっちゃっているんだかさっぱりわかんない入り組んだストーリー、といったものが誉《ほ》めたたえられ、持ち上げられることがある。もちろん、こういうものを青息吐息で読み下していくのも、読書の醍醐《だいご》味《み》のひとつではある。

しかし、これに反して、明快で易《やさ》しい文章、単純な人物関係、シンプルでわかりやすいストーリーというのは、正当な評価を受けることが少なすぎるのではないか。誰にでも（例えばわたしのように暑さに頭をやられちゃった人間や、病気でこむずかしいことを考えたくない人間にも）一読すっきりと意味を通し、物語の世界に引き込む力……これは、専門用語や広辞苑を引かなくっちゃわからない難しい言語をちりばめて作り出された世界よりも、実ははるかに作り手の技量が必要なのである。

友人に博物館の学芸員をしているものがいる。ある夏休みの特別企画のために、展示品の説明書きを小学生にもわかるように噛み砕《かくだ》いて、易しく作り替えなければならなくなった。長い学芸員生活の間でこの時ほど苦労したことはない、と彼女は言う。説明書きであるから、当然文章の容量は限られている。普段使っている熟語を易しい言葉に置き換えること、実際自分でやっていただくとおわかりいただけると思うが、世の中にこれほど難しい作業はない。どう直しても言葉のニュアンスが違ってしまい、かといって言葉にとらわれて長々と説明するわけにもいかず、歯ぎしりする毎日であったそうだ。

そうして平易に書かれた説明書きは、予想外の結果を生んだ。それらは子どもよりもむしろ大人に、大変に評判がよかったのである。表現は易しく、しかし内容は深く、そこが大きな支持を集めたのだ。

赤川作品が長年にわたって広い支持を集めてきたのも、まったく同じ理由によるものだろう。表現が易しいだけなら、他にいくらでも書き手はいる。しかし、読み手の頭に素直に浸透していくだけの明快な文章、小意気なセリフ、シンプルな人物造形をもちながら、その世界はけっして浅くない。

本書には三つの中編がおさめられているが、どれもがその赤川ワールドの真髄を見せつけてくれるような、ある意味で中編のお手本的な作品である。

読み始めて五頁も過ぎれば、読者は登場人物のあらかたの輪郭を、三年来の知り合いでもあるかのようにつかんでしまう。その誰もが、現実に存在しているとすれば、あんまり、お友達になりたいと思うような人間ではない。『雨の週末』の主人公・水沼は、優しい妻を亡きものにしようと企《たくら》んでいる。『疑惑の週末』の主人公・越谷は、会社に盗聴器をしかけて社員の話を盗み聴いている。『誇り高き週末』の登場人物たちは、遺産目当てに新婚夫婦の仲を引き裂こうと考えている。

初めのうち、読者は彼らを冷たく見下ろしている。彼らの自己弁護を我田引水と決めつけ、後味の悪そうな作品だ、と思う。彼らの企てが成功しても業腹であるし、だからといって失敗しても冷ややかに笑う気にはなれない。ところが、いかなるマジックか、悪意や憎悪に満ちて行動しているはずの主人公たちに読者はいつのまにか感情移入をし、言い訳を笑いながらなんとなく受け入れて、憎めないやつらだと思うようになる。そして計画は成功でもなく失敗でもなく進み、すべてが、読者の願っていた以上の見事な大団円を迎えるのである。しかも、そこはかとない悲しみを漂わせながら。

これは、はなれわざ、といえる。特に『雨の週末』を読み出したとき、わたしにはまったく展開がわからなかった。この主人公が墓穴を掘って死ぬか、みごと奥さんを片づけてしまうのか。そう思いながら読んで、ラストでまさかこんなオチを迎えようとは。確かにストーリーからすれば、機械じかけの神的な人物も登場するものの、それが少しも無理ではなく、とってつけたような感じでもない。むしろ現われるべくして現われた人物に思えるのだ。

ミステリはファンタジーである。現実にさもありなんと読者に思わせながら、しかしまったくの別世界を構築し、その世界のルールにしたがって一時《いっとき》読者を遊ばせてくれるもの。この異世界の構築がうまくいかなければ、ミステリは悪趣味きわまりないお遊びに終ってしまう。どう考えても殺人は殺人だ。それに喜んで遊び気分で乗り出してくる縁もゆかりもない素人探偵など、現実にいたら最悪である。その現実の感覚を一時忘れさせてくれ、作品世界に、それも気軽に遊ばせてくれる赤川作品。クリスティ作品をオン・タイムで、イギリス人として読んでみたかったというのがわたしの見果てぬ夢だが、しかし現代に生きて、赤川作品を日本人として読める幸せには、代えがたいかもしれない。

（わかたけ・ななみ　作家）

※この解説は、一九九四年十月、文庫刊行時に書かれたものです。

本書は、一九九四年十月、集英社文庫として
刊行されたものを改訂しました。

単行本　一九九一年十月刊

赤川次郎の本

回想電車

深夜の電車に乗った男が出会う懐かしい人たち。昔の恋人、かつての同僚、命を助けた少女――。表題作ほか、孤独と愛と死が交錯する連作集。

集英社文庫

赤川次郎の本

午前0時の忘れもの

まだ、別れの言葉も言っていない——。バスの転落事故で湖に沈んだ人びとが、愛する人に会うために戻ってくる。命の輝きと切なさを描く。

赤川次郎の本

東京零年

不自然な死亡事件を追う若者の前に公権力の壁が立ち塞がる。暴走する権力に、抗え。渾身の社会派サスペンス。吉川英治文学賞受賞作。

集英社文庫

集英社文庫

誇《ほこ》り高《たか》き週末《しゅうまつ》

2021年9月25日　第1刷　　定価はカバーに表示してあります。
2022年3月9日　第2刷

著　者　赤川次郎《あかがわじろう》

発行者　徳永　真

発行所　株式会社 集英社
東京都千代田区一ツ橋2-5-10　〒101-8050
電話【編集部】03-3230-6095
【読者係】03-3230-6080
【販売部】03-3230-6393（書店専用）

印　刷　凸版印刷株式会社

製　本　加藤製本株式会社

フォーマットデザイン　アリヤマデザインストア　　マークデザイン　居山浩二

ISBN978-4-08-744295-3 C0193